燕殇

沈锡盛 / 著

中国国际广播出版社

图书在版编目（CIP）数据

燕殇 / 沈锡盛著. — 北京：中国国际广播出版社，2023.3
ISBN 978-7-5078-5325-4

Ⅰ.①燕… Ⅱ.①沈… Ⅲ.①散文集-中国-当代 Ⅳ.①I267

中国国家版本馆 CIP 数据核字（2023）第 053680 号

著　　者	沈锡盛
责任编辑	万晓文
责任校对	申　爽
装帧设计	书香力扬
出版发行	中国国际广播出版社有限公司 ［010-89508207（传真）］
社　　址	北京市丰台区榴乡路 88 号石榴中心 2 号楼 1701 邮编：100079
印　　刷	成都兴怡包装装潢有限公司
开　　本	145×210
字　　数	190 千
印　　张	8.25
版　　次	2023 年 3 月四川第一版
印　　次	2023 年 3 月第一次印刷
定　　价	52.00 元

版权所有　盗版必究

序

谢方儿

认识沈锡盛大约有三十年了,那个时候,我们都还算得上是有理想有抱负的年轻人。当然,那个时候,文学也正好疯疯癫癫地"欺骗"我们爱上了它。

历史经常告诉我们:有什么样的时代,就会有什么样的年轻人,也会有什么样的理想和追求。在那个特殊的时代,文学确实也改变了许多文学青年的命运。事实证明,文学曾经是我们人生道路上的一盏明灯,有人靠勤奋写作真的梦想成真,也有人在"征婚启示"中用一句"爱好文学"收获了甜蜜的爱情。

这是一个充满理想主义的美好时代,思想解放,经济复活,文艺繁荣,各种新思潮扑面而来。我们都以为爱上文学这玩意,也就有了我们的远大前程。沈锡盛无疑和当时所有的文学爱好者一样,也有一个温暖的梦想:成为一名作家。他自己也曾经说过:"一生中,我最喜爱的便是阅读和写作。"

在文学艺术这个大家庭里,爱好文学的成本是最低的,一个脑袋,一支破笔,一张薄纸,如此就有可能通往成名成家的彼岸。可是,文学是有"脾气"的,也不是那么"好惹"的。在文学这条充满诱惑和竞争的理想之路上，多少人写着写着"江郎才尽"了，多少人写着写着被文学"淘汰"了，又有多少人写着写着耐不住寂寞跑掉了。

然而，沈锡盛面对文学的"大浪淘沙"，却始终不忘自己的"初心"，他的骨子里有对文学坚韧不拔的情怀。既然铁了这颗"文学心"，那就埋头写呗。沈锡盛这一写不是一年二年，也不是十年二十年，居然是数十年，是大半辈子的人生。有所追求，必有所收获。沈锡盛确实把自己写成了一个作家，而且是一个勤奋多产的作家。

沈锡盛的创作是既踏实又执着的，他不会用电脑打字，每写一篇文章，都要先在本子上打好文字草稿，再让他女儿输入电脑。然后，他才用手写板在电脑上修改。沈锡盛的这个写作过程，听起来都觉得麻烦复杂，更不要说他的实际写作过程有多辛苦。他每创作一篇作品的付出，或许要比别人多好几倍。尽管如此，沈锡盛的心态平和，乐在其中。只要有文章发表，写作的苦累就一扫而光。可以想见，沈锡盛的内心世界，依然浸润着他清纯的文学情怀，还有他不灭的文学梦想。

沈锡盛退休后，文学已失去了它闪烁的"光环"，羞涩地露出了寂寞孤独的本来面目。经济大潮几次三番漫过文学爱好者淡淡忧伤的身心，时代的新观念也一而再、再而三地打压文学爱好者曾经的锐气和热情。可是，面对如此这般的文学现状，沈锡盛居然我心依旧，甚至于有些"一意孤行"。他说，有朋友曾劝他：你呀，退休了就应该安享晚年生活，何必搞得这么忙碌辛苦。他笑笑回答："这是我的爱好呀，我可一点不觉得辛苦，倒觉得很有趣味的，这样的退休生活才过得充实而有意义。"

序

如今，真心爱好文学的沈锡盛仍无怨无悔地奔跑在这条冷清的路上，而且诗歌、散文和小说一齐上，他手里的这把"文学宝刀"至今不老，在读者面前还是那么闪闪发光。他退休后的创作"如鱼得水"，收获了八十余篇散文和近七十篇小小说。这些创作成果令人羡慕和敬佩，同时也值得沈锡盛自豪和珍惜。

我认识沈锡盛是在当时的《绍兴县报》副刊上，我们都在写小文章，一来二去在报纸上认识了。那个时候，文学征文多，文学笔会也多，所以一不小心我们就在某次文学活动上见面了。我们一见如故，我们谈文学谈创作，也咽着口水谈稿费。虽然我们只发表小文章，虽然我们只发表在小报内刊上，虽然我们只有一点点的稿费，但我们发表过作品，也收到过稿费，所以我们有足够的资格和自信谈文学和创作。

多年以来，我和沈锡盛有过好多次文学和创作闲聊，其中印象最深的是在一次笔会散会后，我们三五成群地围在一起热聊。沈锡盛红光满面侃侃而谈，他当面说喜欢读我的散文，说我的小说不如散文写得好读。我也说沈锡盛的散文比小说写得好，他的小说厚度不够。当谈到沈锡盛有一篇小小说在某家杂志发表时，他突然双眼发光，激动地说："我的小说终于打进了这家杂志。"这种相互学习、相互鼓励的创作氛围至今难以忘怀，只要想起当时沈锡盛说过的那些话，我依然会涌动起蛰伏在内心的文学情怀。

也许，正是由于我和沈锡盛都属于同一时代的文学爱好者，一路走下来，喧哗也好，寂寞也好，我们一直都有一种惺惺相惜的感觉。所以，当沈锡盛提出让我给他的散文集《燕殇》写个序时，我只推辞几句就答应了下来。这是沈锡盛的第一部散文集，我也想起了自己2000年出版第一部散文集的情景。当时，我也想找个作家给我的第一部散文集写个序，这是一件庄严而神圣的大事。我几经周折，最后有一个关系还算不错的作家答应为我写序。后来当我小心翼翼去催他时，他说：我最近很忙，要不你自己写一个序，我看后署上我的名字好了。我非常伤感，像受到了一次沉重的打击。我的第一部散文集，没有序言。

《燕殇》收录了沈锡盛创作发表的76篇文章，有10多万字，这是一部以记人叙事为主，也有自然抒情和个人感悟的散文集，字里行间充满作者的真情实感，像一杯清香四溢的好茶，色香味俱全。

沈锡盛善于借助叙事来抒发情感、发表议论、表现主题，而其中所展现的意境就是作者抒情的载体，这样就能充分舒展出文章的细腻、美妙和自然。在阅读这部散文集时，读者不难发现，沈锡盛的文字既质朴又不失华丽，有时简洁明快，有时含蓄凝重，有时安静优美，给人自然和谐的感觉。

耐读的散文都是作者在日常生活、独立思考的基础上创作的。沈锡盛善于借助物象描写来创造意境抒发情感。譬如沈锡盛在《吃死黄鳝》里的冷幽默："……黄鳝竟死了一条。他心疼得很，便捞出那条死黄鳝想把它丢掉，可又觉得十分舍不得，这可是花了20多元钱买来的呀，哪能丢掉呢？于是，他便把那条死黄鳝剖了，蒸熟后吃了。味道虽没如昨天那条鲜美，但总归是黄鳝呀。"又譬如在《微信轶事》中表达出来的创作愉悦："有了素材，我就一连写了好几篇，还在网络文学刊物上发表。一次，我的一篇抒写家乡的散文发表在一个网络文学上，受到了很多家乡群友的点赞和转发。"当然，还有在《燕殇》一文中透露出来的人文情怀："大约半个月后，小燕子诞生了。我们数了数，一共有四只。此后，就更热闹了。每当这对燕子夫妇捉来虫子喂给儿女们时,就能听到一阵叽叽喳喳的欢叫声。从此,我们对这窝燕子更是格外爱护。"

从我个人的阅读感觉来说,在《燕殇》这部题材丰富多彩的散文集里,我比较认同或者说欣赏的是沈锡盛的故乡情怀。虽然沈锡盛是一个土生土长的绍兴人,或许从来也没有背井离乡的生活感受,但对于一个写作者来说,生活中的故乡和文字里的故乡是不同的,一个在现实里,一个却在心里。

确实,故乡和乡愁也是文学永远的主题之一,余光中的诗歌《乡愁》是"乡愁"的代表作,曾经打动过多少读者的心;鲁迅的《故乡》影响了几代人,无疑是脍炙人口的经典;周作人在《乌篷船》中介绍故乡的风土人情,犹如和一个挚友在促膝谈故乡。还有郁达夫的《还乡记》、汪曾祺的《故乡的食物》、贾平凹的《丑石》等,也都流露出深深的故乡情怀。

作为一个创作数十年的作家,沈锡盛的许多文章里也或多或少、或暗或明有他的"故乡情怀"。淡淡的往事回忆,淡淡的触景抒情,还有一丝心里的淡淡的乡愁。沈锡盛的笔下有《我爱家乡仁让堰》《趣说家乡"四只缸"》《儿时水乡鱼虾乐》,还有《酒香飘》《摸河蚌》《荠菜马兰头》等,而且还专门有一辑"难忘乡愁"的文章,以寄托对故乡的怀念之情。

在《最忆家乡水红菱》的开篇,沈锡盛的笔触直接抵达故乡:"我的家乡在鉴水河畔。……鉴湖河面宽阔、水质清澈,记得在我孩提时,河两边的水面种植了大片水红菱。一眼望去,郁郁葱葱,碧绿一片,十分壮观。"而《家乡的小木船》的结尾则坦露了沈锡盛对岁月中渐行渐远的人和事仍缠绵于心,"如今,村村都通了公路,公交车也进了村。人们出门,或乘车或骑车,再也不屑乘坐木船，嫌船走得太慢。只是，我对家乡的小木船仍有一种深深的、特殊的感情。"另外，在《趣忆年终牵大网》一文里，沈锡盛表达的是对家乡、对生活的愉悦之情："傍晚，村子里家家都飘出了鱼香，每家的餐桌上便多了几碗鱼，有鱼头芥菜汤、红烧煎鱼块、萝卜醋熘鱼等。于是，便又去刚酿制的酒缸中舀出几碗新酒来，一家人便尽情地喝个痛快。"凡此种种，可以说，这都是沈锡盛内心"故乡情怀"的具象化。

作家笔下的"故乡情怀"是最能打动读者的，这是因为每个人的心里都有一个属于自己的精神家园，也就是说，这里是我们灵魂的"故乡"。

有人曾经说过，只要在上帝的脚下，哪儿都是故乡。我套用这句话说，只要在文字的世界里，哪儿都是故乡。

沈锡盛用文字陶冶情操、润泽心灵，同时也用文字倾诉了他的"故乡情怀"。所以，《燕殇》这部散文集既是写给读者看的，也是沈锡盛在灵魂的"故乡"里自由地飞翔。

2023 年 4 月 30 日晚于绍兴隔离斋灯下

目 录

序　　001

第一章　心海拾贝

错　位　002
我的书房我的梦　005
谈"门"说民风　008
吃死黄鳝　011
鉴湖江畔耄耋情　013
书中寻觅人生路
　　——读余秋雨散文集《门孔》有感　016
言传与身教　019
宅家的日子也有味　022
称　呼　024
乘车被困记　026

景点随想	029
全家处处讲节能	031
微信轶事	033
悲乎,报刊亭	037
吆喝也有学问	039
以书为友乐悠悠	041
悠悠哀思寄深情	044
栽一盆君子兰	048
误　导	050
燕　殇	052
外公的手	056
名　声	058
品　月	060
妈妈,我要走路	062

第二章　往事如烟

儿时的蟋蟀	066
那时,我的"11路车"	071
隆冬时节忆火熜	074
摸河蚌	077
荠菜马兰头	080
我的第一个儿童节	083

目 录

鉴湖遇险	085
社戏的怀念	088
趣忆年终牵大网	091
儿时水乡鱼虾乐	095
垂钓乐	
——趣忆绍兴特有的钓鱼绝技	103
岁月悠悠埠船情	112
童年的纸鸢	115
兰　趣	118
师生教坛话沧桑	120
清明怀旧	123
书中寻梦	125
虾　趣	128
一台黑白电视机	132
最忆家乡水红菱	135
渔　趣	138
钓　友	141
特殊明星	143
温柔之刀	145
挣福利	147
家电的变迁	148
大院里的中心人物	151
种菜琐忆	154

第三章　美景如画

鉴湖水色秀，柯岩石景奇	162
兰乡散记	166
西溪湿地公园览胜	170
银杏林中"蝶"纷飞	172
秋日冢斜访古	174
寻踪香林沐花雨	179
鉴湖晨色	181
秋游沙家浜	183
寻踪会稽说黄酒	185
杨柳青青	188
最美家乡鉴湖水	190
"天上"的街市	194
长城行	198
窗外，有一片绿	200
初夏游桃山	202
稽东行	205
新未庄	209

第四章　难忘乡愁

家乡的小木船	214

酒香飘	216
趣说家乡"四只缸"	219
消失的水乡船作匠	228
我爱家乡仁让堰	233
燕　邻	238
石磨、石臼和捣杵	241
后　记	246

第一章

心海拾贝

错 位

  这个世界，真是无奇不有。有时，一些意想不到的事也会在你身边发生。
  那天，我去农贸市场买菜，看到一个卖肉的摊位上的排骨比较新鲜，便准备买一点儿回去烧糖醋排骨。谁知那位摊主竟爱理不理地对我说："我摊位的东西你是不喜欢买的。"我当时一蒙，怎么他的东西我会不喜欢呢，记得以前我也买过几次呀。哦，我忽然想起，前几天在他对面的那个肉摊上确也买过几次，一次是买肉，还有一次也是买排骨，可能被这位摊主看到了，心里觉得不高兴，于是今天便说这话出口气。当时我想，这肉摊又不是只你一家，你不卖，我可去别的摊位买呀，这有啥可神气的呢，真是令人大开眼界了。
  其实这种令人啼笑皆非的事，几年前我还遇到过一次。那也是去农贸市场，买好菜准备再买点黄花菜干去烧肉，便到一个卖干货的摊位问："多少钱一斤？"只见那个摊主白了我一眼，冷冷地说："这里的黄花菜干很贵的。"我奇怪了，这贵不贵是你的事，买不买是我的事，为啥说这些话？后来有人告诉我，他就是这样一个人，你去别的摊位多买几次，他就会记在心里，嘲讽你，话确实很多，许多人都不太喜欢到他的摊位去买东西。

其实,这两个人都把摊主和顾客之间的位子搞错了。他把自己站到了顾客这一边来了。

作为一个商人,他只有把商品卖出去的权利的,对顾客是没有选择的权利的。而顾客倒确实有选择权的,顾客觉得哪家商品好,喜欢到哪家就去哪家买,这是作为一个顾客的选择,你商家怎么能限制顾客的选择权呢?有句话叫作货比三家嘛。顾客,今天觉得你的商品不好,有权利到别的商家去买,今天觉得你的商品好,也有权买你的商品,你是不能拒绝的。否则,你就侵犯了顾客的选择权。而且,如果你经常这样限制、侵犯顾客的权利,你的顾客会越来越少,到最后受损失的还是你自己。你这里不卖,我可以到别人的摊位去买呀,像卖黄花菜干的那位摊主,许多顾客都不愿去他那里买东西,结果生意也就越来越清淡了,这是谁造成的?不就是他自己吗?后来,我也留意过那位卖肉的仁兄,发现去他的摊上买肉的顾客确实比另几家肉摊少。我想,顾客都是明白人,谁愿来你这里买东西受气呢?

从这两件事中,我联想到 20 世纪六七十年代农村的供销社。那时,还是计划经济,因经济不发达,许多东西都按计划供应,供销社有了一点东西,比如带鱼、黄鱼、啤酒等,一有货,人们便争着去抢购。柜台前挤满了人,可那些营业员竟选择自己熟悉的人卖。如果是他不认识的,哪怕你挤在最前面,喊破嗓子,他就是不卖给你。如果你要与他理论,他会丢下一句:"就是不卖给你,你能怎样?"气得你,只好愤愤地丢下一句话:"看你能风光一世了。"便气冲冲回去。

那年代,供销社的营业员确实风光了许多年,直到改革开放,个体商铺如雨后春笋般涌现。那些年经济渐渐发展，商品也丰富多了。加上个体商家对顾客热情周到，受到广大消费者的热烈欢迎，而那些供销社却渐渐变得门可罗雀，营业员早已风光不再，铁饭碗被彻底打破，便纷纷都自谋职业去了。很快，这些农村供销社都陆续关闭了。

如今，个别商家竟也学起那些供销社的营业员来了，最后的结果，那是可想而知的。

第一章 心海拾贝

我的书房我的梦

我与书有一种特殊的感情。因为书不但是我的挚友,也是我的第二个老师,更是我在书海中自由游弋的世外桃源。因此,我的心目中一直有一个梦想:能有一间属于自己的书房,里面藏着很多书,可以在那里静静地读书,静静地思考。

初中毕业后,我便外出打工。每当我来到一个新的地方,第一件事,便是找到图书馆,以便借书阅读。

在那几年中,我一边打工,一边读书,读了大量的书,几乎把当时出版的一些热门书籍和中外名著都读了个遍。古典的有中国的四大名著、三言二拍等;还有当时最流行的长篇小说,如杨沫的《青春之歌》,刘知侠的《铁道游击队》,曲波的《林海雪原》,罗广斌和杨益言的《红岩》,矛盾的《子夜》,巴金的《家》《春》《秋》,吴强的《红日》,柳青的《创业史》;另外,还有一些外国小说,如高尔基的自传体三部曲《童年》《我的大学》《在人间》,伏尼契的《牛虻》,托尔斯泰的《战争与和平》《安娜·卡列尼娜》,不一而足。那时,每当我看到一本好书,就要想方设法借来一睹为快。有时,看到别人手里有一本自己没看过的书,眼中便会冒出火来;这犹如当今年轻人看到别人手中拿着苹果、华为大屏智能手机那样，心里羡慕不已。

于是，我便又一边读书一边买书，一心想要拥有一间属于自己书房。

其实，我家里也有一些藏书，如《康熙字典》《今古奇观》《三国演义》等，是我祖上留下的，再加上我平时也陆续买了一些喜爱的书籍。但家里只有两间平房，除了用作卧室、客厅和灶间，就再无他屋用作书房了。因此，这些藏书只能放在卧室上面的小阁楼里，想要阅读时，只能用梯子爬上去取，十分不便。

1971年，我被推荐到本地的一所小学任教，后因教学成绩突出，于1978年又调到镇中学任教。于是，我就可以抽空去校图书室借书阅读了。

但是，要有一间自己书房的梦想在我心中也越来越强烈了。我又不停地买书、藏书。渐渐地，我小阁楼上的藏书多起来了。后来，我又在学校附近的集市上买了两个竹书架，放到卧室的一角，这就是我当年的书房，卧室中的书房。但很快，这两个书架就被书挤得满满的了。

然而，何时才能有我心目中真正的书房呢？

随着改革开放政策的进一步落实，老百姓的生活逐渐富裕起来。许多人家都拆了旧屋，造起了楼房。

1995年，我家也终于拆了旧平房，建起了新楼房。这期间，学校有位老师退休，临走时把他的那个木书柜转让给了我。我就在一楼的客厅辟了一角，把那个木书柜和两个竹制书架放到那里，作为我的临时书房，这才总算暂时圆了我的书房梦，有了个属于我自己的"书房"。但它并不是真正的书房，看书写作仍得在卧室。而且，还有一部分书仍放不下，只得拿到三楼的一个杂物间，堆放在楼板上。2001年，孩子结婚，楼房进行了装修。我又请木匠制了个大书柜，换掉了那两个竹书架，这才有点像个书房了。可毕竟与客厅连在一起，但也只能凑合着用。

退休后，我有更多的时间读书写作了。每次上街，我总不忘买几本书回家。吃的东西可以不买，用的东西可以缓一缓，书却不能不买。于是，家中的书渐渐越积越多，虽谈不上汗牛充栋，可也塞满了我那两个高大的书柜。

前几年，因城中村改造，我们村整体拆迁，去年底已拿到了新房。令人欣喜的是，这新房不但面积大，还有一间独立的书房。新屋装修时，我便又叫木工做了一排大书柜，从房顶到地面，从门口到窗口，整排都是书柜，这下可放更多的书籍了。窗前是写字台，供我读书思考，旁边是电脑桌，可以专心写作。我这才终于有了一个属于自己的真正的书房。我这几十年的书房梦，想不到终于实现了。

如今，我每天不看两小时以上的书，就好像还有什么事没做似的。读书，已成了我人生道路上的必修课，这书房也已成为我汲取知识的一泓清泉，一个憩息之地。

谈"门"说民风

因城中村改造，我们村整体拆迁，我便搬到柯桥女儿家暂居。

不久，发现我们居住的这几个楼幢，家家都紧闭着大门。早就听说城市里邻居间很少来往，最多遇见时相互打个招呼，或是笑一笑。现在才发现果然如此。而且因我们刚搬来不久，彼此不熟悉，与邻居相遇，双方更是很少打招呼，在同一楼的还能互相点一下头，与旁边几幢的邻居更是招呼也不打。你如果朝他点点头，客气些的也点点头，有些更是理也不理你，头一昂就擦身而过。你只能尴尬地怔在那里，好久才回过神来。看来，他是以为你有啥不良企图了。

回想自己在家乡时，村里人几乎都相识。天一亮，家家大门洞开，见面互相热情地问候："水根，今天起得这么早。"

对方也立即回答道："你也起来了，阿土，早呀！"

记得在我小时候，农村还大都是平房，村民们起床第一件事，就是敞开大门，以示家里有人在。即使偶有事要去小店买点东西，或去邻居家逛一转，家里的门仍然是洞开着，不必担心会有小偷来偷东西。那时真可谓"路不拾遗，宅不闭户"。村邻间都和睦相处。吃饭时，邻居也常会捧着饭碗到相邻几家串门，顺便看谁家菜好，也谈点家常里事。

有时,你在家里做事忽然发现手头缺样东西,或是擀面杖呀、面板筛呀、秤呀,你可立即去邻居家里借来。即使遇到邻居刚巧不在,你喊几声没见应答,也可自己进去(因为邻居虽人不在,大门仍是开着的),自己找到要借的东西。用完后再还给他们,并同对方招呼一声:"阿兴嫂,刚才你不在,我在你家拿了面板筛,现还给你。"对方也会客气地说:"没事,没事,你要用随时来拿好了。"看,邻居间多融洽。

有时,也有为了一些琐事,相互间发生了口角。但,过不了几天,大家又和好如初了,仍一口一个"阿兴嫂""水根哥"的,又如一家人了。俗话说:"牙齿和舌头也有打架的时候。"邻里间有点口舌,是难免的,但一般都不会记仇。而且谁家有了困难,都会倾力相助。村里的民风真的是非常淳朴。

后来,改革开放的大潮也冲袭到农村,村民们也都富起来了,纷纷拆掉旧屋造起了新楼,可民风仍然没改。早上起床,第一件事仍是敞开大门。有些家庭虽建了围墙,围墙的大门虽然没有全开,可仍有一小门开着,供邻居们进出,仍然没有隔断与邻居的来往。

如今,来到城里居住,小区里的人们竟家家紧闭大门。彼此间竟都相互隔绝了。以前只听说像上海、杭州这种大城市里的居民是这样的,想不到如今绍兴柯桥也这样了,真是令人扼腕。

当然,据说这是为了防盗。我想,人不在你关门防盗是对的,你人在家里,难道也有小偷当着你的面来偷吗?那不是偷而是抢了。况且相互见面打个招呼也是应该吧,哪像以前咱农村几乎整个村子的人都认识。即使你刚从外地来这里亲戚家做客,或是暂住几天,邻里人也都会热情地和你打招呼拉家常,用不了多少时间,相互间便都亲如一家人了。

　　如今，身居城镇小区，过着隔离般的生活，更是十分想念家乡那淳朴的民风，但愿建好拆迁小区住宅后，我们家乡这种亲如一家的淳朴民风还能再继续下去吧。

吃死黄鳝

一天，我去同村的一位朋友家小坐。闲聊间，朋友向我讲了件关于邻居老赵的趣事。这老赵是位退休老人，每月有三千多元的退休工资，但平时生活却十分节俭。他老伴几年前早已驾鹤西去，儿女们又都住在城里。因此，他一个人更不愿多花一分钱，能省便省，只要过得去就行。穿的儿女们自会给他买来，况且，一件衣服能穿好几年呢。吃的蔬菜都是他自己地里种的，不用花钱。但他每天都要去农贸市场转一转，看看市场里鸡鸭鱼肉的行情。便有人劝他买点鱼肉，改善一下生活，老赵总是摇摇头说："这鱼太贵了。""那买点肉吧，很新鲜的呢。"肉摊主也兜他买一点儿。老赵咽一下口水又摇摇头："这肉太肥了，多吃会胖，血脂会升高的。"

于是，便有人笑着打趣："你不吃荤腥，难怪这么瘦呀。"老赵笑笑："瘦点好，千金难买老来瘦呀。"后来，摊主见他舍不得花钱，便不再兜他生意了。

一天，水产品摊位进了一大批黄鳝，因价格很便宜，买的顾客特别多。老赵平时最喜爱吃黄鳝了，不但味道鲜美，营养又高，便也跟着去买。他挑了价格最便宜的那档买了六条，因为便宜，黄鳝很小，六条才一斤二两，每条只有二两左右。他喜滋滋地买回家，立即动手杀了一条清蒸。这餐饭他吃得特别有滋味，很长时间没有吃荤腥了，觉得今天饭菜特别香，那黄鳝的滋味更是非常鲜美。只是黄鳝太小，又只蒸了一条，不能尽兴。但想到还有几条，还能打几天牙祭，便又释然了。

第二天中午，他准备再杀一条继续改善生活，却发现养在脚盆里的黄鳝竟死了一条。他心疼得很，便捞出那条死黄鳝想把它丢掉，可又觉得十分舍不得，这可是花了20多元钱买来的呀，哪能丢掉呢？于是，他便把那条死黄鳝剖了，蒸熟后吃了。味道虽没如昨天那条鲜美，但总归是黄鳝呀。

谁知，第三天黄鳝又死了一条，他仍舍不得扔掉，又蒸着吃了。

就这样，他买的六条黄鳝，除了第一餐吃的是新鲜的，从第二天开始，他天天吃死黄鳝。

说到这里，朋友笑着说："如果他第二天把那条死黄鳝扔了，以后几天改为每天吃两条黄鳝，可能剩下的四条都是鲜活的呢。"我听了也点点头感慨地说："是呀，老赵虽然精打细算，但他没有想到，正因为他舍不得丢掉那些死黄鳝，结果落得天天吃死黄鳝。所谓'舍得'，有舍才有得嘛。"

这事看起来有点好笑，可在我们生活中，不常会有这种事吗，不也值得我们深思吗？

第一章 心海拾贝

鉴湖江畔耄耋情

我家就在鉴湖江畔。近几年，政府部门对环境和鉴湖水系的治理非常重视，积极推行河长负责制，使鉴湖水重新变得清澈甘甜。为了使这里的环境更美，又在鉴湖河岸砌了石堪，岸边种上莲藕。两岸还大片植林种草，每隔百十步便建有一两个大花坛，种上一些树木，或桂花树，或香樟树，既美化了环境，又形成一片片绿荫。夏天，荷花绽放，清风送爽，供游人避暑乘凉；秋天，丹桂盛开，清香四溢，引雅客赏桂品香。临河处，还铺设了一条休闲步道，两边摆放了一些石凳，供人们散步休憩。这里已俨然是个休闲公园。

我退休后也每天来这里散步，这里的空气清新，又有大树遮阳，游人都喜来此游览。放眼望去，但见那宽阔浩渺的鉴湖水，碧波荡漾，水汽氤氲，微风轻轻吹拂，清新凉爽，确是个避暑休闲的好地方。

前段时间，我在散步时遇到了一对满头银发的老年夫妻。每当我来到那个栽有一棵大樟树的花坛边时，总见老爷子拄着一根拐杖，由老伴扶着，或慢慢练习走路，或舒胳膊伸腿活动身子。有时，两老坐在大理石砌成的花坛边上，老太太不厌其烦地对老爷子讲解着什么，老爷子也总是一边认真地听她讲，一边轻轻地点着头,笑眯眯地望着老伴,脸上流露出满满的爱意。这情景,无意间给鉴湖江畔增添了一道亮丽的风景线。从两位老人亲密无间的神态和那种不同寻常的情意中,我忽然想起了李白的"青鸾不独去,更有携手人"那两句诗。

时间长了,我们渐渐熟识了,于是,碰面时便常相互打个招呼,问个好。

两位老人举止言谈彬彬有礼,很有素养。每次见我远远过去,便要站立起来向我打招呼,对我问好。我很是过意不去,忙向两老回礼、问候。

老太很是健谈,告诉我她与老伴是安徽合肥人。老爷子是合肥五中的退休教师,她是合肥一家印刷厂的退休工人。她还告诉我,老伴今年已88岁,她也有85岁了。今年初因老爷子突然行动困难,胸前还伴有疼痛,而且越来越严重,甚至站不起来。于是,家人立即把他送到医院检查治疗,经过诊断,医生说是因骨质疏松而导致两根肋骨断裂,后又发生炎症,还可能会危及脊髓,有瘫痪的可能。本来可以手术治愈,但因老人年纪已大,手术有风险,只能吃药保守治疗。

从医院回家后,老人的病未见好转,有人建议最好去乡下休养,那里空气新鲜,有利于治疗。老人的儿子正好在绍兴柯桥做生意,当即在柯岩风景区旁的新未庄小区租了一套房子,把父母接了过来。这里西傍柯岩景区,南临鉴湖江畔,有山有水,确实是个疗养的好去处。

两老自合肥来到了绍兴后,每天,都由老太扶着老爷子来鉴湖江畔,呼吸新鲜空气,练习走路。

老太对我说,这里空气真的很好,老爷子刚来时,需扶着他再拄着拐杖才能慢慢走,想不到只过了两个多月,就能自己拄着拐杖走路了。

"你看,现在不用拐杖也能走一段路了。"老太欣喜地对我说。

说到这里,老太感慨地说:"绍兴真是个好地方呀,这秀丽优雅的环境、清新宜人的空气治好了咱老头子的病呀。"

老爷子不善言谈,但听了老伴的话竟也笑着说:"也有你的功劳呢,要不是你每天伴着我到这里来呼吸新鲜空气,每天对我的细心照料和安慰,我哪会好得那么快呀。"老爷子的这短短几句话,充满了对老伴深深的情意,这中间既有感激又有一丝歉疚。

老太听了,竟有点腼腆地摇摇头说:"可不是我一个人的功劳,更有咱儿子的功劳呢!"她对我说,儿子非常孝顺,老头子刚发病时不能站立,丧失了自理能力,上厕所大小便还得有人抱上抱下。可她也是个85岁的耄耋老人了,哪里抱得动老头子呢?都是儿子一人承担,吃喝拉撒全是他包下了,连晚上也睡在老爷子身边服侍他。

望着这一对耄耋老人,我不由得心中一动,这就是亲情的力量呀,是这世间最珍贵的东西治好了老爷子的病。这鉴湖边的空气固然清新,对治好老爷子的病确有很大帮助,但如果没有儿子的那一片孝心和老伴的细心照料,老爷子的病哪会好得这么快呀!

是亲情,这世上最伟大、最珍贵的亲情,使老爷子战胜了病魔,重新站了起来!

书中寻觅人生路

——读余秋雨散文集《门孔》有感

书,是我的挚友。

自初中开始,我便爱上了读书。不论古今中外的书,我都拿来读,这不但丰富了我的知识,还给我指明了人生道路上前进的方向。是书,使我从一个只有初中学历的人,成为一名合格的中学教师,更使我从书中寻觅到了人生的光明之路。

一次,我看到余秋雨先生所著的《文化苦旅》,这是他的第一本文化散文集,也因他的这本书而开了文化大散文之先河。余秋雨先生那渊博而精深的历史文化知识,平实而富有哲理的语言,独特而全新的视角和见解,深深把我吸引住了,我竟连续读了两遍。

从此,我爱上了余秋雨先生的著作。凡是他写的散文集,我都买来阅读欣赏。《霜冷长河》《行者无疆》《山居笔记》《借我一生》《中国文脉》等,每出版一本,我就买来看一本,几乎把他写的所有文化散文都买来一睹为快。

前段时间,我又阅读了他新出版的一本散文集《门孔》。印象之深令人难忘。据介绍,余秋雨先生所著多达八百万言,他说,唯有写作这本书时,一次次搁笔哽咽。余先生是被书中的人物所深深地感动了。

《门孔》一书，共收入他的《门孔》《佐临遗言》《百年巴金》《幽幽长者》等十三篇散文短篇，记叙了著名大导演谢晋、戏剧大师、佐临、文学巨匠巴金等中国的几位文化大师、文学巨匠。这些作品，笔触大气感人，读来荡气回肠。

此书首推书中第一篇《门孔》，此文描述了谢晋的一生，特别是他的后半生。书中所折射的是人生，更是人性。

《门孔》开篇第一句话便写道："直到今天，谢晋的小儿子阿四，还不知道'死亡'是什么。"

"大家觉得，这次该让他知道了。但是，不管怎么解释，他诚实的眼神告诉你，他还是不知道。"

"十几年前，同样弱智的阿三走了……两个月前，阿四的大哥谢衍走了……爸爸对大家说，别给阿四解释死亡。"

"现在，爸爸自己走了，阿四不知道他到哪里去了……"

"阿三还在的时候，谢晋对我说：'你看他的眉毛，稀稀落落，是整天扒在门孔上磨的，只要我出门，他就离不开门了，分分秒秒等我回来。'"寥寥几笔，父子深情跃然纸上，令人悲恸，使人感动，催人泪下。

接着，文章引出谢晋的儿女，四个孩子，脑子正常的只有一个，就是大儿子谢衍。但可悲的是，这个家里唯一的正常人，从国外留学回来的翩翩君子，一辈子没有结婚，五十九岁得了不治之症，竟先他而去。他是谢晋的希望，是他的精神寄托，但竟是白发人送黑发人。但是，谢晋都默默地承受了。

谢晋，这位著名大导演，创造了一个独立而庞大的艺术世界，但是，每天傍晚，他那高大而疲惫的身影一步步走回家门时，等待他的就是阿三在门孔中的双眼，那是一个常人无法想象的天地呀。当我读到这里，不禁潸然泪下。但这不是同情，而是感动，我被深深地感动了。因为这是一种伟大，谢晋把错落的精神情感旋涡，筑成了一座人道主义的圣殿。每当家里来了客人，谢晋都会向客人介绍两个儿子的情况，在他眼中竟是满满的欣赏。

谢晋去世后，他上海的家，只剩下了阿四。他的夫人因心脏问题，住进了医院。

《门孔》的结尾更是写得非常动情："白色的花越来越多，家里放满了，他从门孔里往外一看，还有人送来，阿四穿行在白花间，忽然发现，白花把爸爸的拖鞋遮住了。他弯下腰去，拿出爸爸的拖鞋，小心放在门边。"

读到这里，不由得令人又一次流下了眼泪。

从《门孔》中，读者在谢晋的心灵世界中受到了感染，悟出了真情，获得了鼓舞。

其余几篇，也都写得十分精彩感人，如记叙戏剧大师黄佐临的《佐临遗言》，讲述文学巨匠巴金的《百年巴金》等，都表达了主人公全身心为艺术、为文学不懈追求的伟大精神，读后受益匪浅。

《门孔》一书，给人们指出了一条不同于一般的人生之路，值得一读。

言传与身教

一个有好家风的家庭，肯定因为有好的家教；而好的家教不但要言传，更要身教。就是说家长不是一味地要求孩子如何如何，而是自己以身作则，为后辈作出好榜样，使后辈能自觉地向长辈学习，从而形成一个具有和谐家风的优秀家庭。

记得三年前的一天傍晚，正在读初二的孙女放学回家，一进门就高兴地对我说："爷爷，今天我的一篇文章在《绍兴晚报》的'花季版'上发表了。"边说边从书包掏出一张报纸递给我。我从孙女手中接过报纸，笑着说："哦，咱孙女真不简单呀，又发表文章了。写的是啥内容呀？"

孙女没回答，只是神秘而调皮地笑笑说："爷爷你自己看吧，这与你有关呢，可以说写的就是你。"

"还与我有关呀，我倒要好好看看。"我也笑着边说边翻开报纸，见孙女这篇文章的题目是《我终于明白了》。文章开头这样写道："一个善良的孩子，一定离不开家庭中从小播下的那颗善良的种子。"呵呵，文章一开始就把我深深吸引住了。我迫不及待地往下看："小时候，家里人常告诉我从小要有爱心，对于有困难的人们，要尽自己的能力去帮助，就是对动植物，也都要尽力去保护它

们。"写到这里,笔锋一转,讲述我平时因懂得些无线电知识,常无偿帮助邻居修理家用电器之事。她写道:

村里人知道爷爷会修电器,就常来求助爷爷,爷爷就都毫不推辞,热心地前去帮助修理,从不收钱。有时,有些老人因电视收不到台了,也来叫爷爷,而爷爷也都热心地前去,即使正在吃饭,也会立即放下饭碗,前去帮助调试。因此,邻居都夸爷爷是个热心人。一次,我问爷爷:"爷爷,你又没什么报酬,图的啥呀?"爷爷就笑着摸摸我的脑瓜说:"孩子,我们做事可不一定要图报酬呀。只要你心里开心了,就是最大的报酬。"

孙女写的这些事,确实都是我以前说过的,也做过的,想不到我的言行已在她心里深深扎下了根。接着,她又叙述对我的这个回答一直不明白,直到后来,一次因小区停水,她把社区发下来的通知忘了告诉我们。结果,停水时因家里没有接好备用水而没有水可用。幸亏邻居知道后把水提到我们家里,才解了燃眉之急。对此,孙女这样写道:

这时候,爷爷便笑眯眯地对我说:"你看,这便是我上次回答你所说的最大的报酬,这叫与人方便,就是自己方便呀!"我点点头,想了一会儿,终于明白了爷爷话里的意思。帮助别人,做善事,不是图什么报酬,而是当你帮助了别人后,在你也需要帮助时,别人也自然会帮助你的。

最后,她这样写道:"爷爷告诉我的这个道理,使我受益匪浅,他在我幼小的心灵里播下了一颗善良的种子。我从小就受到了爷爷的用心教育。家庭中的家风也深深影响了我,使我从小就有帮助别人的思想和行动,这实在是离不开爷爷的那一颗善良的种子啊!"

是呀,种瓜得瓜,种豆得豆。家庭教育何尝不是如此呀。一个有良好家教的家庭，肯定会有良好的家风。所以，对于家教，不但要言传，更需要身教。只有身体力行，才会有一个好的家风。这是一个潜移默化的过程，反之亦如此。

  我孙女这样写，也这样做的。每天出门去上学，总要对我说一声："爷爷，再见！"对她爸妈也这样。每次乘公交车，见有老人上车，总会自觉地站起让座。就说我的两个女儿，姐妹俩亲亲热热，从没红过脸吵过架。如今虽都已成家各居东西，一直以来都相亲相爱，更没因一分钱而斤斤计较，也没因一些小事而喋喋不休。这与家教家风都有很大关系的。

  好家风需要有好的家教，而好的家教不但要言传，更需要身教！

宅家的日子也有味

今年这个春节非常特殊，为防止新冠肺炎疫情的侵袭，家家紧闭大门，人人都宅在家里，亲戚朋友间也互不相聚。所幸还有手机，大家便在微信上聊聊天，从视频上会会面。起初，许多人还觉得挺新鲜的，可时间一长，便有点腻烦了、憋不住了，都想出去透透气。可一则各小区、村镇规定不一样，而且疫情也确实有点严峻，还是别出去吧。

我本来有个习惯，每天早饭后都要出去散步，不是说生命在于运动嘛。可如今宅在家里，不能出去了，那咋办呢？

一天，看到一条朋友圈："以前春节出去旅游，如今是家中旅游，路线是从卧室、卫生间、客厅、厨房再到卧室环游。"看完在莞尔一笑的同时，不由得心中一动，对呀，我何不在家中锻炼呢？

于是，第二天开始，我起床后便在客厅里锻炼。打开电视，一边看央视的《朝闻天下》，一边做室内健身操。接着，便环客厅慢跑，把客厅当作了运动场。

两岁的小孙子见我做操跑步，觉得好玩，便也学着我做操，跟着我跑步。客厅虽不大，但多跑几十圈，二十分钟后也就全身暖烘烘、热腾腾了，还有点微汗呢。而且，运动过后，全身感觉非常轻松舒服。

一次,有位朋友在微信中关心地对我说:"你每天微信运动有一万多步,是不是到外面去了,非常时期,别出去呀!"我马上笑着回复他:"没有到外面去,我是在家锻炼,在客厅里跑步呀!"后来,发现他的微信运动步数也增加了,看来他也把客厅当作运动场了吧。

早锻炼后,便刷牙、洗脸、吃早餐。

接着,便进入书房,开始喝茶、读书。

先泡上一杯新昌大佛龙井茶,顿时香气四溢,啜一口,满口留香。于是,从书架上抽出一本书来,或小说,或散文,静静地翻阅,一边品茗,一边读书,很快便进入书海中游弋。我比较喜欢余秋雨的几本文化散文,如《文化苦旅》《行者无疆》《山居笔记》《中国文化课》等,跟着作者跋山涉水,走遍世界各地,寻找古希腊、古印度等文化遗迹;跟着余秋雨穿越古今,寻找中国文化、文脉。为什么国外很多古文明那么灿烂夺目,而如今却多已中断,而中国却在经历无数次的浩劫后凤凰涅槃?在浩瀚的书海中,我早已把宅家的苦闷无味忘得一干二净,而且竟还觉得趣味横生呢。

读书、品茗;品茗、读书。既使我丰富了知识,更忘却了忧烦和苦闷,真可谓一举两得呀。

下午,午睡醒来后,或看看中央电视台新闻频道的新闻发布会,了解一下防疫进展;或写写小文,小说、故事、散文随笔等都写。一个多月时间里竟也写了八九篇之多。还应区作协之约,写了三则小故事和一篇随笔。收获倒也不少,自觉还颇为满意呢。

可见,我们在生活中,无论遇到怎样的困难,怎样的逆境,只要你能静下心来,认真应对,定能在你面前出现一个你所能乐意接受的新天地。

呵呵,宅家的日子也蛮有味呀!

称 呼

中国是礼仪之邦,历来对称呼十分讲究,丝毫不敢疏忽怠慢。

尤其是要向对方问路或征询,称呼对方之时,更是长幼有序、有规有矩。

比如,对年长者就称老伯、大妈,对于与自己年龄差不多的,也宁可把对方称得大一点儿,如阿哥、阿嫂、阿姐、兄弟等,这样对方也会乐意地告诉你,或热心地给你指路。否则就会惹人白眼,说你没教养。

而对那些看起来斯斯文文,戴着眼镜的知识分子,更是尊称为先生、女士。

但随着时代的前进,称呼也随之慢慢改变。

中华人民共和国成立之后,称呼也随着时代改变了。先前的大妈、大伯、阿哥、阿嫂、先生、女士都由"同志"两字代替。不管你走到哪里,一声"同志"把人与人之间的关系一下子拉近了,显得那么亲切热情。

随着改革开放的深入发展,叫"同志"的便渐渐少了起来,人与人之间重新又互相称呼先生、女士、大哥、大爷、大妈来。

不知从什么时候开始,又兴起叫对方为"老板"的,而且越叫越普遍。起先只是叫一些厂企领导、商人为老板,后来,又把单位里的头头、领导也称呼为老板。渐渐地,这"老板"的称呼越来越普遍,很少再有人称对方为同志了,否则会被当作老古董看待,对方的眼神也会变得怪怪的。不信,你去市场里逛逛,对方便都会热情称你为老板,把你叫得心里热乎乎的,头脑便也变得晕乎乎的,本来不打算买的东西,竟也爽快地买下了,回到家里才后悔不迭。

看来,这称呼也是很有时代特色的呢!

乘车被困记

这事发生在二十几年前夏日的一个中午。

那天,我与小王一道去城里参加自学考试,考完已中午11点了,因下午学校有事,便匆匆乘车回去。

汽车刚开出市郊,就抛锚了。这时,车厢里几十个乘客挤在一起,像是被闷在一个大蒸笼里似的,热得喘不过气来。因那时城里和农村刚开通公交不久,班次不多,相隔半个小时才有一班车,中午这段时间更是要相隔近一个小时才有一班车,便都盼着司机快点把车修好。谁知,修了好半天还是没修好,司机只好打电话告知公交公司。于是,怨声四起,怨车,怨司机,怨这鬼天气,怨自己倒霉……时间像是凝固了。不知等了多久,才又开来一辆客车,大家都喜出望外。车刚停下,便都争先恐后地挤上车去。尽管那车上的人一个劲儿地大声阻止:"别上来,我们是来修车的。"结果仍有半数乘客挤上了那辆维修车。

我和那些挤在后面的乘客,听说这是辆维修车,便不再去挤。抬头却见小王还在拼命往车上挤,便大声叫他:"这车不去的,别挤了。"可他却不听我的劝阻,边挤边说:"管它呢,挤上再说。"我摇摇头,说声:"白费力气!"悻悻地又回到那辆"老爷"车上。

哪知，过了不久，这辆"老爷"车的司机想是见车子一时修不好，刚开来的那辆车上又挤满了乘客，竟上去把车开走了。

这下可好，丢下我们这些没挤上的乘客。我好后悔，后悔自己太老实，刚才没与小王一道去挤，还笑他白费力气。如今，他乘着车走了，我则被抛在了这里。庆幸的是，刚才开来的那辆车上的司机也被丢在这里。如今，只盼维修工快点把车修好，可以上路。

又过了好久，"老爷"车才总算被修好了，大家不禁都吁了口气。可想不到这位被丢下的司机竟憋着一肚子气，发动汽车后，只试了下故障确已排除，便又关上了油门。

我们诧异了："为啥不开?"

只听他愤愤地说："这辆车不是我开的。"

"那他怎么能开你的车呢?"我们不解地问。

"他这是违反制度。"

"那你也'违反'一下有何不可?"

他却摇摇头，态度十分坚决："我不能违反。"

于是，就这么僵持着，干等着，盼刚才那司机能快点开车回来。

炎阳炙烤着大地，车厢里更显得闷热不堪。这时已是正午，想是司机们都吃中饭去了，没有一辆公交车经过。乘客们的肚子都唱起了"空城计"，嗓子更干得快冒烟了。

或许是这个司机也在唱"空城计"了吧，或许是等得太久而不耐烦了吧，或许是被乘客的央求打动了吧，司机终于冒着"违反制度"的危险发动了车子。谢天谢地，饥饿终于感动了"上帝"。我看了下表，乖乖，已是正午12点钟了，我们竟在车上足足被困了近一个小时。

想是司机把那股怨气都发泄在车子上了吧,汽车以最快时速发疯般疾驰着。车上不时传来乘客的惊呼声,我真担心会翻车。

如今,这次乘车的经历,我还深深地留在记忆深处。因为,从这次经历中联想到小王虽知那辆车开向目的地的希望不大,但仍拼力地挤上去,从而使我感悟到这人生也如挤车,需要你奋力去寻找机会,去拼搏,去奋斗,哪怕只有一点点希望,也要去拼力一搏。

景点随想

前几天,街道退休教师分会组织我们退休教师去游览某海湾的"海上花田"。去年,我就曾听说过那海湾有个海上花园,是个刚刚开发出来的旅游景点。当时,我们都觉得那里肯定是个游览的好去处,既能眺望海景又能观赏各种花卉。这次有幸前去一游,那可正遂了大家的心愿。

谁知,我们满怀期待地来到了那里后,看到的竟是一片高低起伏的草地。不过,倒是有几处草坪上零零落落地开着些花,但并不多,东一块西一片的,加起来也不过百十来个平方。花的品种更是少得可怜,更令人失望的是我们没有看到海,连海的影子也没有。后来,听人说这里原来是一片海滩,20世纪60年代围海造田,把这片海涂围起来后,就一直荒废着。近几年,当地部门看到旅游事业兴旺发达,一些旅游景点如雨后春笋般迅猛发展,便从这片荒滩上看到了商机。于是,把海涂利用起来,修建了这么个"海上花田"。其实,这海应该理解为海涂,这花田也应该理解为草地。草嘛,不论多少,总能开些花吧,就看你怎么去理解了。

真是乘兴而来,败兴而归。这天,为了看这个所谓的"海上花田",我们早早地起了床,又花了整整一个上午的时间,却浏览了这个既没有海又看不到多少花的"海上花田"。难怪大家都大呼上当，既无奈，又感慨万分。

联想到这几年，一些地方部门看到旅游业正如火如荼般兴起，纷纷投入大量资金，动辄几个亿乃至几十亿，大兴旅游事业，开发出各种人造景观，如某某天宫，某某地下溶洞，某某人造钟乳石、人造海滩，有些地方甚至把一些中外名胜景点也搬了过来，什么埃及金字塔呀，北京天坛呀，不一而足。而且，为了早日收回成本，门票也贵得出奇，有上百元的，甚至数百元之多，可人造的哪有自然生成那么真实，况且有些景点又名不副实。结果热闹一阵子后，就渐渐变得冷冷清清的了。难怪我们去的那个所谓的"海上花田"游客不多，除了我们一百多个退休教师外，其他游客则寥寥无几。

我想，这个现象应引起有关政府部门的重视了。当然，我们不是反对开发旅游事业，适当的旅游事业还是要发展的。只是希望不要再盲目地一窝蜂地去开发，特别是对那些人造景观、新造"古迹"等更需慎之又慎，要充分地进行讨论和征求意见。别以为游客的钱是那么好赚的。要知道游客是有审美能力的，况且，他们为观景而来，结果看到的却是大量人造的、四不像的景观。这不仅会使游客产生审美疲劳，更会使游客有一种受骗上当的感觉，到最后，大量投入的资金难以回收，那可真是得不偿失呀。

全家处处讲节能

随着生活水平不断提高,浪费的现象越来越严重,这不仅造成了资源大量的流失,也使周围环境被严重污染,还给人们的生活和健康带来了极大的威胁。

两年前,我们全家就开始注意对能源的节约使用了。首先,从对用电开始。把家中的白炽灯全都换了下来,除了客厅中加装了一盏40瓦的日光灯,其他地方如厨房、卧室、餐厅、卫生间都换上了节能灯。那台29寸显像管电视机也因年久,经常出故障,干脆换成了液晶电视,虽然看起来换上的42寸电视屏幕比29寸的要大很多,但因为节能效果好,其实要节省很多电。电冰箱也换成了节能的,每天只耗半度电,比以前的那台要节省一半多。

我还特别向全家人提出,电视机、空调等家用电器,待机时虽然耗电不多,但时间长了,可也是一笔不小的费用,建议全家人看完电视后彻底切断电源,空调不用时也拔下电源插头。我的建议得到了家人的一致赞同。

除了这些看得见的节能,我平时还注意一些使用的细节。比如使用空调,一般人都喜把温度开得很低,我是个电子爱好者,懂得一些用电知识,知道空调室温每调低一度,就要多耗电一两百瓦,因此，我把空调温度设置在 27℃ 至 28℃，室内再打开一电扇，电扇的功率一般只有 40 瓦左右，这样既能降低室内温度，又节约了电能。这看起来似乎是小事一桩，可积少成多，长期来看也是很可观的。如果家家都这么做，节约的电能可不是一个小数，可是几个新安江水电站的发电量呀。

除了对电能注意节约，我家对水资源节约也十分重视。妻子洗衣服一般都到河埠头去洗，虽然要多走一些路，但节约了许多自来水。卫生间的抽水马桶把水位调得低一些，只要能冲干净就好，还有洗菜、洗脸、洗澡用过的水积聚起来，用来冲洗马桶。虽然节约的水有限，但是天长日久可也是一笔不少的数字。

如今，我们全家从老到小，口中说得最多的是节约两字，行动也处处都注意节约两字。"节能生活"已成了我们全家的共同目标。这既节约了国家资源，又降低了家庭开支，还减少了环境污染，可谓一举三得，何乐而不为呢。

微信轶事

退休后,我每天除了抽一个多小时到外面去散散步,其余的时间就读些书看点报纸,晚上再看会儿电视。有时,还会写点东西。看起来安排得满满当当的,很是充实。可是时间长了,就发现因与外界接触少了,要写的内容也越来越少。为此,我常常回想自己退休前在学校里接触的人和事,有许多可用来做写作的素材。

正在我感叹之际,微信这个新生事物忽然闯入了我的世界,使我增加了接触面,开阔了视野。

是的,自从有了网络,便有了宽带;有了智能手机,便有了WiFi,有了微信。我便通过微信与外界沟通。我不但有了微信朋友圈,还有好些微信群,如有我们退休教师分会的,有作家协会的,还有我曾经教过的学生的亲友群,等等。通过微信,我与外界紧密联系起来。聊的内容更是很多很广,有聊生活的,有聊国家大事的,还有聊社会新闻的,五花八门,什么都聊。而且因微信群的不同,所聊的内容也各不相同。如我们退休教师分会微信群,除了聊国家大事、社会新闻外,聊得最多的要数有关养生保健、益寿延年方面的内容了。而在作协群里,主要是聊文学创作上的一些内容,及各自创作发表的作品等。有时,对于某个题材或某个细节,大家聊得十分热闹。至于同学圈的，聊的范围就更广了。

因此，微信中获取的不少题材和内容，为我的写作提供了许多创作素材。

在微信圈中，我们常常会遇到一些非常有趣的事。这不但丰富了我们的退休生活，还可以说是文化养老的另一种途径吧。

比如，有了令人高兴的事，便会晒到微信群或朋友圈里来，大家一同享受快乐；有一些奇闻趣事，也发到微信群里，大家一起欣赏。退休教师要加工资发补贴了，也首先在微信群中了解到；协会要搞某些活动了，也会在微信群里发个通知，非常方便，信息也十分灵通。

有时，对于某些时事，大家在微信群中互相讨论一番，又常常为某个观点，你一言，他一句，争论得非常热烈。

一次，有个老师在微信群里发了条消息，不经意有一个字写错了，另一位老先生就马上指了出来，问："这个是什么字，啥意思？"其实，我们也都已猜出这是个什么字，可那位老先生偏要抓住不放，找点乐吧。我见了便也立即发了一条，为那老师解围："写错是难免的，人老了眼花了，请别责怪。"那位老师也马上回复："不是我写错，是手机写错。"可那位老先生却不依不饶："微信编好，检查一遍，这也是对别人的尊重。"话中略带一些教训人的口气，这也难怪，以前对学生就是这样的嘛。微信圈中的老师见状，忙发了些其他信息，想引开这场争执。

可那位老先生还是盯着不放："眼花可以戴老花镜嘛，你这是借口。"

这下，那位老师有点生气了："手机上有错字就认为对人不尊重，言之过重了吧，但愿你以后不出错。"

第一章　心海拾贝

我见了忙打圆场："您老别生气，他是犯书呆子气，别放心上。"

那位老先生见对方好像生气了，忙又发了条微信："人非完人，一贯正确很难说，尽量不出差错吧。"

那位老师又道："我学历浅，水平低，请多指教。"

老先生忙又回道："请别生气，何必如此，大家彼此彼此。"

那位老师也回道："这点小事何必小题大做，我何必生气呢。"

这时，另一位老师也发了一条："我们群内聊天，说的话最正统了，很少有错别字，你见过那些年轻人聊天吗？满是别字，只要音同就写出来，其实倒也很好玩呢。"

"对，对，只要看得懂，大家何必较真，又不是对学生写的作业嘛，哈哈哈……"群里又有个教师发了这么一条。

一场争论就这么烟消云散了，倒也挺有趣味，气氛热烈而又无伤大雅。

还有一件事更是令人莞尔。因我们退休教师协会群内都是些上了年纪的人，一次，群里又来了位昵称"×外婆"的人。有位老师便在群里问："请问这位'×外婆'是哪位老师？"另一位老师立即开了个玩笑："当然是你外婆呗！"后面还加了个笑脸图。那位老师也立即回道："我外婆早就没了，这位不是我外婆。"后面加了个龇牙的图。其实，群里这些老师都已是外公外婆、爷爷奶奶了。因此，又有老师开玩笑："还有外公、爷爷、奶奶的昵称还没人用呢，大家快去注册吧！"这时，又一位老师写道："年龄大的多的是，这可不能越位呀，只能开开玩笑。"我也忙发了条："对对对，笑一笑，乐一乐，烦恼脑后抛呀。"一场热闹也就到此结束。

有了素材，我就一连写了好几篇，还在网络文学刊物上发表。一次，我的一篇抒写家乡的散文发表在一个网络文学上，受到了很多家乡群友的点赞和转发。

　　前几天,有朋友对我说:"你这段时间,怎么连续发表了好几篇文章呀!"

　　我就回复说:"是微信,使我开阔了视野,提供了素材,这要归功于微信这个新颖的媒体呀。"后面还发了个笑脸。

　　是的,是微信,使我老有所乐,生活不再空虚,使我再一次融入社会这个大环境之中!

　　当然,网络上也有很多虚假信息,这就要靠我们认真仔细地去辨别了,不要轻易相信。

　　微信真的很好!是微信,使我们的晚年生活变得丰富,使我们的人生变得多彩。

第一章 心海拾贝

悲乎，报刊亭

前段时间，我在本市晚报上看到一则信息，绍兴市区设在东街口的邮政报刊门市部即将关门停业，这是市区一家最大的报刊门市部，如今竟面临关门，心中不由得十分感慨。

回想20世纪80年代至90年代这段时期，各种报刊如雨后春笋般诞生，而且十分红火。我市的报刊亭也随之纷纷冒了出来。如果市民要看报纸杂志，就近就能买到。记得那时解放路上轩亭口附近的那家报刊亭里报纸杂志品种最多，读者都爱到那里去购买，生意十分兴隆。我也常常去那里光顾，因为那里有我喜欢的一些文学杂志。

当时，不但市区的报刊亭随处可见，就是位于绍兴县城柯桥的报刊亭也是星罗棋布，光是笛扬路上的步行街，短短一千多米的街上，就有五六家之多，尤其是在柯东桥脚边的那家，规模最大，几乎全国一些有名的报纸杂志都能买得到，许多读者都去那里光顾。

那时，不要说市区和县城有许多报刊亭，就是在农村，一些人口比较稠密的地方，也常能看到一些报刊亭。

但是，近几年随着网络的迅速发展，人们把目光和兴趣逐渐转到视频中去了。人们已渐渐习惯从电脑中、手机视频中去阅读信息了，因而对纸质媒体也就逐渐失去了兴趣。就连当时最受广大读者欢迎的、发行量最大的一些刊物，如《小小说选刊》《微型小说选刊》《故事会》《读者》的发行量也迅速下降。同时，市区的一些报刊亭也随之逐渐减少，出售的也大多是些军事国防和故事类报纸杂志，已很少有文学艺术性刊物了。

记得去年下半年，我的一篇小小说在《新民晚报》的副刊《夜光杯》发表，因该报是不寄样报的，我便打电话让在柯桥工作的女儿去街上买一份当天的《新民晚报》。结果，她找遍了整条步行街，也没有买到。后来，我又托在绍兴的一个文友去东街邮政报刊门市部买，但也因去得晚了，结果也落了空。据门市部的人说，他们门市部总共也只订了三份，早已被人买走了。

一次，我想买一本本市出版的文学杂志，结果跑了好几个报刊亭也没买到，他们都说这种文学杂志是没人买的，他们根本不进。

如今，连当时门面最大、品种最全、购买读者最多的东街邮政报刊门市部也因近几年读者骤减，最后也不得不关门停业。整个市区，已零零星星只剩下少数几个报刊亭还在勉强地支撑着，也不知又能支撑到何时？

随着新兴电子媒体的迅猛发展，纸质媒体已逐渐被其替代。据悉，一些杂志社也已经采取无纸化办公，他们只收电子稿而拒收手写稿。许多年轻人也都热衷于敲打键盘，难怪许多专家学者都在担忧，我们的下一代会不会因此而丧失书写能力，并渐渐远离传统的书法艺术呢？

呜呼，逐渐逝去的报刊亭！你何时能重整当年的雄风，焕发青春呀？你的消逝，不知是进步还是后退呢？我们只能拭目以待了。

第一章　心海拾贝

吆喝也有学问

前几年，因全村整体拆迁，我家便租住到了附近的一个小区内。

这个小区共有一百多幢房子，居住着我们附近几个村的一千多户人家，加上到绍兴来打工的外地人，共有数千人。因此，这里变得十分热闹，像个小集镇，虽然临街开有很多商店，可仍有小商小贩拉着车子来小区叫卖。

这些流动小商贩中，既有本地人，也有外地人，吆喝声此起彼伏。可就是这些吆喝声，却常常让人摸不着头脑，不知是在吆喝什么，有时还会闹出一些笑话来。

你听，从远处传来了吆喝声："八十八团，一共十二个……"心头不由得十分疑惑：怎么，是哪个部队到我们小区里来了，来干什么？怎么一个团才只有十二个士兵？

等吆喝声近了，我下楼去一看，原是在卖粑糍粑团，根本不是什么"八十八团"，这粑糍粑团是一种用糯米做的团子，外面包着一层芝麻，我们绍兴叫作麻团。如果她用我们绍兴本地话喊"麻团一元钱十二个"，我们就懂了，因小贩是外地人，外地人吧"麻团"叫作"粑糍粑团"，难怪我听成了"八十八团"了。

我刚转身回到楼上不久,远处又传来了"马桶盖,马桶盖……"的叫卖声,而这次听起来是个绍兴本地口音,我心中十分奇怪,怎么有卖马桶盖的,现在都是套房,卫生间里都用抽水马桶了,谁还要马桶盖?我好奇地从楼窗口向下一望,不禁哑然失笑,原来是个灌液化气的,车上放着两个大液化气罐,那喇叭里吆喝的原来是"灌煤气……"因声音清晰度差,变成了好像是马桶盖的吆喝声了,搞得人哭笑不得。

一次,听到楼下有小贩在吆喝:"獗獗……"獗獗是我们绍兴人对猪的别称。我想,这小区里谁要养猪,怎么到这里来卖小猪了?又一想,前几次我都弄错了,这次是不是又弄错了,便又好奇地下楼去看个究竟,果然,那人是在叫卖碗盘等陶瓷品。我便不解地问那小贩:你这是在卖碗呀,怎么叫喊卖獗獗呢?那人不好意思地说:"我们那里都是这样吆喝的。"

我就笑着说:"可我们这里的人听不懂,那你生意会受影响的。"

他一下子恍然大悟:"是呀,难怪这几天生意不好,原来你们都听不懂!"

几天后,那小贩再次来我们小区时,那喇叭里的吆喝声已变成了:"卖碗、卖盘……"看来,这小贩也悟出了做生意也应入乡随俗这句话的含义了。

是的,吆喝是为了招徕顾客前去购买,但如果顾客听不懂你在吆喝什么,那还有谁去买你的东西?这看起来是一件十分简单的事,可里面却也含有好多学问呢。

第一章　心海拾贝

以书为友乐悠悠

我素喜读书，天生对书有一种特殊的感情。

幼年时，我喜看连环画，读初中时便开始啃大部头，看完一本，接着看另一本。无论是古今中外名著，还是言情、武侠，我都拿来读。因为书看得多，我的语文成绩在所有科目中是最好的。作文也常得满分，多次受到语文老师表扬。看书，使我尝到了意想不到的甜头。我对书也有了一种特别的亲近感，更喜爱看书了。

初中毕业后不久，我便参加工作，但我对书的兴趣一点儿不减。记得那时，母校有个教师工会图书馆，我便常常去借书阅读。说来你也许不信，后来那里的书都被我看了个遍，已无书可借了。

那时，生活条件较差，除了自己特别喜欢的书会去买，多数都是向别人借的。有时一本好书几个人争着看，那就得连夜把书看完，否则以后就不肯借你了。为了能读到书，我把家中的所有藏书也都翻了出来，如《水浒传》《三国演义》《啼笑姻缘》《今古奇观》等，《红楼梦》我还看了好几遍。每当我看书看得入神时，便会两耳不闻外界的声音，仿佛进入了忘我境界。

俗话说："黄金有价，书无价。"真的，是书让我增长了许多学识；是书，让我结识了许多文友；又是书，使我一个只有初中学历的下里巴人，成长为一名合格的中学教师。这一切，可都是书的功劳！

读书，不但使我增长了知识，明白了事理，而且也提升了自我修养。书真是人类伟大智慧的结晶。

记得那年我家建房时，与前面那家邻居产生了一点儿误会。那家邻居竟率全家前来"讨伐"，我牢记与人为善、与邻为善的信条，劝说妻子不要与他家争吵。另几家邻居看不过去纷纷前来劝解，又恐遭那家邻居围攻，就把我和家人拉进他们家中保护起来。这时，村中一位八十多岁的长者见状忍不住上前责问那个邻居："他是个读书人，你怎么能动粗呢，有理不能好好说吗？"说得那位邻居满面愧色。

我读书面较广，不但喜读文学方面的书籍，社会科技方面的也均喜涉猎。我从书本中获得了一些家电维修知识，便自己动手组装、修理收音机、电视机等。村子里有人叫我组装维修的，我都乐于帮助，除了收一些零部件的费用，从不收其他费用。而对一些老年人，我零件费也不收，一律免费维修。为方便老人，我还上门服务。当然，有时也会遇到一些吃力不讨好的事。妻子便会不高兴地数落："你呀，赔钱打短工，还出力不讨好。"我便笑笑说："这种人毕竟是少数，只要咱问心无愧就行，生什么气呀。"

我想，这都是书的功劳，是书不但使我增长了知识，还开阔了胸怀，提升了修养，免除邻里间的误解。正如常言所说："读一书，增一智。"这话一点儿不错。

退休后，我仍与书为伴。每天不看几小时书，就好像还有什么事没做似的。现今，在视频占据许多年轻人娱乐时间的时代，我却仍热衷于读我的书，仍乐此不疲地在书的海洋中自由游弋。看来，我的一生都要与书为伴了。

古人云："书中自有黄金屋，书中自有颜如玉。"我不要什么黄金屋，每日有粗茶淡饭就已知足；我也不要什么颜如玉，家有糟糠相伴，不也其乐融融吗！况且，我从书中汲取了无数知识，找到了无限乐趣，这无论用多少金钱也无法买到。

如今，书仍是我的亲密伴侣，我的人生挚友。

以书为友，其乐悠悠。

悠悠哀思寄深情

  我父亲刚结婚，便离开故土去上海当学徒了。我祖父又去世得早，在我刚学步时他就已驾鹤西去。因此，在我的记忆中，只留下了母亲和祖母对我的关怀和爱护。尤其是祖母那慈祥的面容，对我无微不至的关爱，更是深深地刻在了我的脑海之中。

  记得小时候我非常贪玩，可每次与伙伴们玩不了多久，祖母就会喊着我的名字一路寻来，唯恐我被同伴们欺侮。当时，我对祖母的这种关怀一点儿也不领情，觉得她也太不放心我了，几乎剥夺了我的人身自由。当然，这些都是我私下在心里想的，从没有当面对祖母抱怨过一句。因此，祖母倒觉得我这个孙子很乖，听大人的话，便更喜欢我了。

  七岁那年夏天，伙伴们都在村前小河中洗澡游泳，我也心中痒痒的，十分想到河里与小伙伴们一起嬉水，可祖母硬是不肯。我见几次恳求不准，便觉得十分委屈，就大声对祖母说："奶奶，人家也与我一样年纪，他们可以下水游泳，为啥我不行？"说着说着竟哭了起来。

  祖母见我哭了，一下子慌了手脚。这时，母亲便在一旁为我说情："就让他去学学吧，乡下人学会游泳，以后也可以自保呀。"祖母这才点点头勉强同意："那你千万要当心，只能在小河的浅水里学游泳，不能到河中间深水里去。"

"当然，当然，我就在河边学。"我忙不迭地点着头，高兴地与小伙伴一起下到水里，玩起水来。我玩了很长时间，偶然抬头，看到祖母正坐在岸边，守望着我。我便喊道："奶奶，我没事的，你回去吧。"祖母却笑着摇摇头说："我看你学游水呢。"

后来，我上学了，祖母就常常叮嘱我在学校要听老师的话，好好学习。家里有了好吃的，自己舍不得吃，总是留着给我吃，还说："孩子，你正是长身体的时候，多吃点，才能学得好嘛。"

那时，我们村里的小学校只有一至四年级，读五年级就要到离村子三里路的澄湾完全小学去读。记得我读五年级的那个冬天，早上天气还很好，但到了傍晚放学时竟下起了雪，还越下越大，我十分着急，不知怎么办，忽见祖母拄着拐杖颤巍巍地朝学校走来。祖母小时候曾缠过脚，可她竟用那双长不过三寸的小脚，在雪地中一步一滑地给我送伞来。我忙跑过去扶住了祖母："奶奶，你怎么给我送伞来了，叫母亲来就行。""你母亲去城里还没回来，我不送谁给你送呀！"祖母笑笑说。看着祖母脸上的笑容，我心中却百感交集，不由得拉着她的手深情地说："奶奶，我一定认真读书，将来长大了好好孝顺您。"祖母听了更是笑得脸上开了花，一个劲儿地点头说："咱孙子真懂事，真懂事呀！"

小学毕业后，我考入了绍兴城里的一家中学读书，离家有二十多里路，每星期只能回家一次。祖母更是担心我远离亲人，怎么独立生活和学习。可她自己又年岁已大，不能上城去看望我，便常催母亲来城里看我，还不时带点好吃的给我。那段时间，我国正遭受三年自然灾害，可祖母总要从牙缝里省下一点儿钱来偷偷塞给我：

"孩子,去城里读书买点吃的,别饿坏了身子。"当时,我捧着祖母塞在我手心那还带着体温的钱,心里觉得暖暖的、酸酸的,眼泪就止不住流了下来。

祖母的爱在我的心灵深处留下了深深的印痕,我心中一直牢记着,暗暗发誓,等我长大了要好好孝敬她。

后来,我参加了工作。当我第一次拿到工资的时候,心中想这也有我祖母的一份啊。于是,我特地去街上买了许多母亲和祖母平时爱吃的东西,匆匆送到了她们手里。当时祖母捧着我买给她的一大包食品,高兴得流下了眼泪。少顷,祖母又忽然问道:"孩子,给你妈也买了吗?"我点点头说:"买了,我哪能忘了呢。"

"好,好,这才是乖孩子,嘿嘿嘿……"祖母的双眼笑得只剩了一条缝。

以后,我每次发了工资,都要给我妈和祖母买点东西,让两位老人高兴高兴,以尽我们后辈的一份孝敬之情。

可是,老天却是那么的无情。记得那是一个阴沉沉的傍晚,放学后,我批改完学生的作业,回到家里,一脚跨进门,第一眼看到的是一双躺在地上的小脚。我心中一惊,怎么?难道是祖母……我快步跑进屋子,果然见祖母横躺在地,头旁还有一堆呕吐物。我忙抱起祖母,一边大声呼叫着:"奶奶,奶奶,你怎么了?你醒醒,你醒醒呀……"一边把祖母抱到床上,让她的身子靠着床半躺着。

这天,正巧我母亲看望我出嫁的妹妹去了,家里只剩下了我一个人。见祖母已昏迷不醒,我急得团团转。幸亏邻居闻声都跑了进来,有去叫医生的,有去我妹妹家叫我母亲的。不一会儿,母亲和医生都先后赶来了。医生诊视后说祖母是中风,因她年事已高,加上发现得太晚,已是回天乏术,最多也支撑不了一周,让我们早点准备后事。

可是，我接受不了这个事实。每天除了去学校上班，回来后便一直陪在祖母身旁，希望能发生奇迹，祖母能够醒来。可是，老天却偏不肯帮忙。记得是第五天的早晨，我起床后照例去祖母床边，发现祖母已脸色苍白，呼吸十分急促，半张着口一张一翕地。我急了，一边大声呼叫着"奶奶，奶奶"，一边去摸祖母的脉搏，发现祖母的脉搏已十分微弱。母亲和我妹也被我的惊呼声叫醒，来到祖母床边。就这样，祖母的脉搏越来越微弱，直至停止了呼吸。我接受不了这个残酷的事实，不由得悲恸地哭了起来。自我成人以来从没哭过，即使遇到怎么样的挫折也没有哭过，可我这次竟哭了，而且是号啕大哭，一旁的母亲和我妹也没把我劝住。

自祖母离我而去后，我不知流了多少泪，每当夜深人静之际，我便会深深地思念祖母，忆及祖母在世时的音容笑貌。这时，我便会在心中默默地说："奶奶，你怎么不多活几年，让我这个做孙子的多尽几年孝呢？老天，你为何这么残忍呢？……"

如今，我自己也已有了儿孙，可祖母对我的慈爱和关怀，仍深深地留在我记忆的深处。

平时，我经常会感慨地想，长辈对后辈子孙的爱是那么的无私、那么的伟大。可是，对于长辈的爱，儿孙辈又能有多少回报呢？

栽一盆君子兰

我素喜养花，尤爱栽菊种兰。但所栽兰菊品种不多，菊花只有三四种，如多头菊、蟹爪菊、墨菊之类，兰花更是只有草兰一种。不久前我曾写过一篇题为《兰趣》的小文，记述的也是栽种草兰的趣事。这是因为我一直认为草兰较易种养，而君子兰娇贵，很难侍弄。

栽君子兰是在我退休前两年开始的。那次我去父亲那里，见父亲栽的几盆君子兰正含苞欲放，十分惹人喜欢。父亲见我喜爱，说："既然你喜爱，就拿一盆去吧。"我迟疑地说："就怕养不好。都说这君子兰难养。"父亲笑笑说："有啥难养的，只要了解它的脾性就不难了。一般人都说君子兰难侍弄，因为它既喜欢阳光，又怕烈日暴晒，既喜欢湿润，又怕水多烂根。其实针对这个特性，你只要适当地让它见见阳光，按时适量浇水，平时施些肥，不也是件很容易的事吗？"

父亲的一席话激起了我栽君子兰的信心。于是，我从父亲那里移栽了一棵回来。按父亲说的方法侍弄，果然这盆君子兰第二年就开花了。我很高兴，但我也有自知之明，因为这其实有父亲的一半功劳，不是我的成果。

果然，第二年，这棵君子兰就没有开花。后来，连续两年也没有开花。我去问父亲："这君子兰也真奇怪了，怎么您培育能开花，我培育却不能开花呢？难道这君子兰真的这么难侍弄吗？"父亲仍笑笑说："不是君子兰难侍弄，是你没有耐心，你只要按它的脾性去侍弄，它一定能开花的。"父亲的话增加了我的信心，我更加小心地侍弄它。

前几天，我正在客厅看报，小孙女兴冲冲地跑来对我说："爷爷、爷爷，你栽的那盆君子兰要开花了。"我听了忙放下报纸，随着孙女来到走廊，果然见那盆君子兰已绽出几个浅黄色的花蕾。我兴奋地说："几天前我刚刚给它浇过水，还没见动静呢，想不到只三五天时间就吐出了花蕾。嘿嘿，真是功夫不负有心人。"

忽然，我想起了不知哪位名人说过的一句话："有付出便一定会有获得。"现在想起来，果然有一定的道理。这次育兰的经历，还使我深深体会到，养花育草，不但能修身养性、陶冶情操，还能从中领悟到人生哲理。

误　导

　　去年，我们住进了拆迁小区。整个小区都是十一层楼的小高层，因此，每幢楼都配有电梯，上下十分方便。但因为是第一次住进有电梯的房子，刚开始便常因乘电梯而闹出一些笑话。比如，要下去的按错了钮，按了上去的，结果方向反了。有时还没到底楼，中间楼层因为有人进来，便以为自己到了，出去后才发现搞错了。

　　一次，我吃过早饭，从三楼乘电梯准备下楼去散步，刚进电梯，发现电梯是上去的。电梯内的那位女士按的是去五楼，等我发现，电梯已关上门开始上升了。我便不由得哎了一声："呀，是上去的呀，我乘错了。"那位女士笑了，说："那你到四楼下去再换乘吧。"我也笑笑说："没事，等你到五楼后我再下去吧。"

　　电梯很快就到了四楼，电梯停下后却没有人进来，那位女士忙叫我出去，我以为已经到五楼了，便说："没事，还是你先出去吧。"

　　她被我一说，以为自己已到五楼，便随即转身跨出了电梯。就在电梯刚刚关上门之际，忽然传来那女士的一声："咦？"我这才突然想起电梯还没到五楼呢，却因我的一句话把她搞蒙了，结果她下到了四楼，而电梯却把我带到了五楼。这时我既觉得好笑，又觉得有点对不起那位女士，因为我的误导使她下错了楼层。

第二天,我又在电梯内遇到了这位女士,我为昨天的误导向她道歉,她笑笑说:"没事,难免的,这种小事不用放在心里。"

看起来,这确是一件微不足道的小事,却很是令人深思。我遇到的正巧是位善解人意的女士,如果是位鸡蛋里也能挑出四两骨头来的刺头呢?

是的,生活中常有类似的事,有时还会因为某些原因而双方发生误解,这是很难避免的。如果遇到类似这样的误解,双方便都要冷静,互相理解,以免使误解加深。

燕 殇

每当我站在办公室前，看见门口走廊顶上那个孤零残缺的燕子窝时，便会有一种凄凉、伤感的心情从心底涌起。

那年春天的一个上午，我们正坐在办公室里，或备课，或在批改学生作业。忽听一阵叽叽喳喳的燕子鸣叫声从走廊外传来，我们不由得举首向外望去。只见一对燕子在走廊上回旋飞翔，嘴巴里还衔着一小块泥，似在寻找地方准备做窝。但走廊上面四角的墙都是光溜溜的，燕子想要在那上面做窝实在有点困难。只见这两只燕子几次把嘴里的泥巴粘上去，不久就又掉了下来，我们不由得都替它们着急起来。

"快去找钉子来！"有人忽然提议。

"好，我去找。"办公室里要数小李最热心了，他立即跑了出去，很快不知从哪里找来了钉子、榔头，还有一架梯子。在走廊顶部的转角处钉了两枚钉子，又取来一根塑料绳子，缠在两枚钉子之间。

有了这个结实的支架，那两只燕子就把衔来的泥巴牢牢地粘在了那上面。燕子叽叽喳喳地一阵欢叫，似在向我们道谢，我们见了也都眉开眼笑的。于是，这两只燕子便飞进飞出地忙碌起来。到傍晚我们下班时,那燕子窝已垒了大半,我想,等明天傍晚就能垒好了。

第二天早上,我们来学校上班时,想不到那燕子新窝竟已完工。只见这个小小的燕窝呈菠萝形,做得十分精巧。那对燕子夫妇又不知从什么地方衔来些羽毛、草屑,铺在里面,舒舒服服地躺在了窝里。我们都为燕子的勤快和做窝的本领惊叹不已。为了保持办公室门口的清洁,小李又去找了块厚纸板,挂在了燕子窝下面,以防燕子粪便弄脏地面。

自来了这对燕子邻居,办公室里一下变得热闹起来,话题中也常谈些与这对燕子有关的话。尤其是小李,谈得最为起劲。

一天,小李忽然发现其中一只燕子整天卧在窝里,只有另一只燕子飞进飞出,显得十分忙碌。他焦急地对我们说:"看,这只燕子怎么躺在了窝里不出去,是不是病了?"

我听了他的话抬头一看,不由得失声笑道:"这哪里是病了,这是燕妈妈在孵小燕子了。过几天,我们就可以看到它们的小宝宝了。"

听了我这么一解释,办公室里的人都哈哈大笑,说:"小李你呀,真是孤陋寡闻,少见多怪,连燕子要做妈妈也不知道。怪不得你到现在还找不到女朋友呀。"

小李笑着摸摸脑袋,忙为自己解嘲:"我哪会不知道,我这是考考你们呀!"

听了他的话,我们又是一阵大笑,办公室里更热闹了。接着,便都谈论起这燕子能孵几只小燕子。有说孵三只、四只的,也有说孵五只、六只的,众说纷纭,各有各的理由。

大约半个月后,小燕子诞生了。我们数了数,一共有四只。此后,就更热闹了。每当这对燕子夫妇捉来虫子喂给儿女们时,就能听到一阵叽叽喳喳的欢叫声。从此,我们对这窝燕子更是格外爱护。每当有学生站在燕窝下看小燕子时,老师们便也都露出一副欣喜的神色,好似这窝小燕子就是自己的孩子;如果有谁敢对燕子大声吆喝恐吓,老师们便会批评那个学生,对他们说,燕子是益鸟,我们都应该保护它。

一天,我上完课走进办公室,忽然见小李正两手捧着那四只小燕子,给室友们观看,嘴里还不停地说:"大家看呀,这小家伙多可爱,喏,这个是你的孩子,这个是他的孩子……"

见此情景,我忙说:"小李,你怎么把小燕子拿了下来?"

"你看,这小燕子真可爱呀……"

我着急地说:"哎呀,小李你尽做些无聊的事。你可知道,这小燕子被你的手接触过后,老燕子就会不认它的儿女了。快,快把它们放回窝里去!"

"啥,这老燕子真的会不认小燕子了?我,我可不知道。"小李显得不安起来。

"别说了,快放回窝里去。"我催促道。

小李急急忙忙地爬上梯子,把那四只小燕子放回到窝里。许是因为心慌了吧,他显得有点手忙脚乱,一不小心,竟把燕子窝碰坏了,半个窝塌了下来,有两只小燕子也从窝里掉了出来,幸亏下面有一块接燕子粪便的厚纸板托着。

这下小李更慌了,转过头对我求助地说:"老沈,这,这可怎么办?"我也急了,搔搔头皮,一时想不出办法来。旁边的小王忙说:"我有办法。"她急忙在办公室里找了个粉笔盒子,说:"用这个盒子把燕子窝垫起来吧,或许能行。"

我想，也只有这么办了，就把粉笔盒递给小李。小李忙活了好一阵，才总算把那燕子窝修整好了。然后抹抹头上的汗珠，一步步走下梯子说："这下总没事了吧。"我说："还要看那对老燕子，不知还认不认自己的儿女。"

果然不出所料，自这几只小燕子被小李捧下来后，那对燕子夫妇再也不来喂小燕子了。它们只是来回飞了一个下午，叽叽喳喳地一阵哀鸣，第二天就不再飞来了。

我们都非常着急，小李更是焦急万分。他知道这是自己闯下的祸，忙四处找来小虫子，喂给小燕子吃。可也怪了，平时这些小燕子对它的燕妈妈、燕爸爸捉来的虫子吃得很欢，而我们捉来的虫子就是不愿意吃。小李更急了，捧起小燕硬是想把虫子往它嘴里塞，可小燕子就是紧闭着嘴巴不肯吃。最后，小李泄气了，只好垂头丧气地把小燕子放下。

第二天，这四只活泼可爱的小燕子先后都死了。这一天，我们办公室里每个人的脸上都是阴沉沉的，像失去了一位亲密朋友似的。小李还在办公室后面的园子里挖了个小坑，把这四只乳燕埋了进去。然后，又低头站了很久，好似在向它们表示哀悼。

外公的手

外公的手长满了老茧，看起来十分粗糙笨拙，但干起活来却十分灵巧。

外公的家乡在山区，山上长着许多竹子，外公就砍来竹子，用他那双长满老茧的双手，灵巧地把竹子劈成一根根窄窄的、薄薄的竹篾，然后编织成各种各样的竹器，如竹篮、竹筐、竹箕，还有竹匾、鸟笼等。外公还在那些竹编器具上编出一些花卉图案来，十分漂亮。

每每我去外婆家时，常喜欢静静地站在一旁，看外公编织那些各种图案的竹器。只见那一根根青白色的、细细的竹篾在外公的十指间翻腾飞舞，令人目不暇接，须臾间，一只造型别致漂亮的竹篮或竹匾什么的便已在外公手指间诞生。这一只只竹篮、竹匾、竹笼，与其说是竹制用具，倒不如说是一件件工艺品，因为外公编织的这些东西实在精致极了、漂亮极了，令人爱不释手。

有时，我也常会拿一些竹篾学着外公想编个竹篮，可编出来的篮子，要么是歪歪扭扭的，要么把竹篮编得像只竹筐。于是，编到一半就丢下不想编了。外公见了，就哈哈大笑，说："你呀，没一点儿耐心，怎么能编得好呢！"

空闲时，外公常常把那些编制好的竹篮、竹匾等竹制品拿到城里去卖，因为编得精致漂亮，价格又便宜，很受大家欢迎，所以十分抢手，很快就被人们抢购一空。

如今，外公虽早已驾鹤西去，但他用那双粗糙却又十分灵巧的手编制竹制品的情景，一直留在我记忆深处。我常想，外公的手要是在如今的市场经济年代，或许早已成为了无价之宝。因为，外公编的竹器，人见人爱，肯定早就成为十分走俏的艺术品了。可惜，这一切都已随外公埋在地下了。

看来，特定的时代才是雕刻人生最好的一把刀呀。

名　声

　　我出身于书香门第。在家庭的熏陶下，我的一言一行都是循规蹈矩的，因此，在村邻眼里，我是个很诚实、懂礼貌的孩子。甚至在教育自己孩子时，他们也常会说："为啥不学学阿盛？"

　　我邻居张伯伯的儿子明明比我大一岁，却生得刁钻顽皮。人们只要一提起他，就都会连连摇头。

　　这天，明明约我去邻居莹莹家玩。正巧莹莹爸从外地回来，给他女儿买来了一个玩具枪。这枪虽是用竹制成，但制作十分精巧，转动把手，还能发出像子弹发射时"嗒嗒嗒"的响声。这在当时，可算是非常难得而诱人的玩具了，直羡慕得我两眼快要冒出火来。于是，趁人们不注意，我便拿了这枝竹枪玩了起来。可这把竹枪实在太好玩了，我一时舍不得放下，就偷偷拿回家玩个痛快，打算第二天再还给莹莹。

　　哪知，莹莹很快发现丢了那枝心爱的竹枪，便哭闹着要她爸给找回来。当时，只有我和明明去她家玩过，而凭我在村子里的名声，人们是绝不会怀疑我拿的，于是，大家就认定是明明偷的。

　　明明他父亲不管三七二十一地狠揍明明一顿。起先，因明明根本没拿，哪里肯承认呀。可明明不承认，他父亲再揍。为了避免再遭父亲狠揍，明明慌了，只得"老老实实"地承认枪是他偷的。父亲便叫明明把枪还给莹莹。

可是，明明哪里拿得出枪呢？只得胡诌一通，一会儿说是藏在床底下，一会儿又说是藏在墙洞里了，当然仍是一无所获。最后，被逼急了，就干脆说被他弄丢了。明明他父亲气得又要揍，倒是莹莹爸感到有点不好意思了，劝张伯伯别再打孩子了，丢了就算了。

当时，我害怕得要命，想挺身出去承认，但又没有这个勇气，就硬起头皮把这事告诉了奶奶，又忐忑不安地问："奶奶，我该怎么办呀？我可不是存心去偷的呀！"奶奶拉着我两手，慈爱地说："孩子，不管是不是存心，做了错事，只要能改正，还是好孩子。"

本来，我以为奶奶一定会骂我，甚至还会打我一顿，谁知奶奶却既不骂也不打。我又试探着问："奶奶，那我去把枪还给莹莹吧？"奶奶看着我微笑着问："你说呢？"我嗫嗫地说："我想还给莹莹，可怕别人说我偷，以后会被人看不起的。"奶奶听了收起笑容正色道："做了错事就要有勇气改，能改正就是好孩子，怎会被人看不起呢！"我这才鼓足勇气把玩具枪还给了莹莹。果然，莹莹爸不但不批评我，还称赞我诚实，是个有错能改的好孩子。从此，大家更喜欢我了。当时，我还想不通这是为什么呢！

后来，等我长大了，才渐渐有所领悟：名声是要自己用行动去维护的。

直到现在，这件事还深深印在我的脑海里，绝不敢淡忘……

品　月

　　人各有嗜好，或喜饮酒，或爱香茗，或迷养花，而我独恋品月。

　　那月虽无酒之馥郁，茗之清香，花之艳丽，却更显得恬淡、高洁，使人心灵为之明净，思维为之清晰，仿佛进入一个无牵无挂、无限美好的境界。

　　夜晚，每当爬格子疲劳之际，我便搁笔走出陋室，伫立在庭院中，仰望镶嵌在无垠天幕上的满天星斗。蓦然，一轮皓月脱颖而出，如银盘，似玉璧，明净、透亮。于是，我细细品味，如醉如痴，趣味无穷。

　　我爱品弯弯的、镰刀似的月牙。她静静地挂在柳树梢，真似一幅清淡高雅的水墨画。我尽情地体味着"露似真珠月似弓"的诗情画意。这时，你会突然发觉，这月牙恰似一位妙龄少女，遮遮掩掩，似又十分谦虚，为使周围的繁星耀出明亮的光，自己毫无怨言地收敛住那淡淡的清辉。当然，这并不是意志的消沉，而是在一步一步地，向着那圆满的目标奋斗。因为，任何事情，都不能一步登天，只有经历过一番拼搏，才能得以圆满的成功。

　　我更爱品圆圆的满月。她高挂天际，默默地把自己那皎洁的光辉毫不吝啬地献给大地，给山村、水乡、城镇涂上一层银白色的光。

于是，大地变得更洁净、更沉静了。朦胧中，我好似身处缥缈虚无的瑶池仙境之中，整个身心与大自然融为了一体。

满月虽无太阳般炽烈的光辉，但却有虚怀若谷的坦荡心胸，毫不掩饰的豪爽气概，给人一种温柔的、高洁的感觉，使你烦恼顿除，疲劳顿失，精神顿振，斗志顿发！

于是，我重理思绪，又回斗室，接着爬我的格子。这时，但觉思路如潮，从笔端滚滚而出……

妈妈，我要走路

这是一个十分令人感动的故事。

三岁那年，小国琴患了小儿麻痹症。看着别人蹦蹦跳跳，她便哭喊着："爸爸，我为什么不能走呀？妈妈，我也要走路！"

七岁那年，小国琴被父母送到了上海新华医院住院治疗。

出院后，她牢记着医生伯伯的话，每天坚持锻炼。起先，妈妈扶着她走，她像个才满周岁的孩子，跨不了几步就跌倒了，可她硬是抓着妈妈的腿，颤抖着爬起来，又向前艰难地迈出步子。后来，她就独自扶着墙走。

一天，她扶着墙走到门口，心想：我得到外面走走。便又摇晃着向门外跨去，但是，就在当她失去扶持的一刹那，身子顿时失去重心，一下子跌倒在地，又滚到了阶下，头撞破了，血似箭一般射了出来。她想爬起来，可试了几次都没有成功，伤口似刀绞般钻心疼，她努力忍着不哭。突然，眼前一黑，便晕了过去。

等她醒过来时，已躺在妈妈的怀里，医生正在给她包扎伤口，她这才哇地哭出声来。妈妈也流着泪对女儿说："国琴，你别练了，妈妈会养你的。"

妈妈的话，反而激起了小国琴的倔强。她止住哭，坚定地摇摇头:"不,我不要爸爸妈妈养我一生,我要学会自己走路,学会自己生活。"

成功是用毅力和汗水换来的。渐渐地,她不用依靠也能走了。当时,她高兴得流着热泪大声喊:"我能走了,我终于能走了!"

这年,她上了学。开始,每天由妈妈背着她去上学;后来,她见妈妈那么忙,就坚持要自己走着去上学。三四百米的路她往往要走二十多分钟。可她说:"只要我自己能做好的,决不让别人代替,我要享受健康人的快乐!"

上学后,锻炼的时间少了,小国琴就利用早上抓紧锻炼。

每天,当启明星刚从东方升起,小国琴就悄悄起来,一个人在屋前的空地上练习走路。那些赶早市的人经过这里,都会以惊疑的目光注视她,然后,赞许地说:"这小姑娘,真不简单!"

终于,她能自己上学了,生活也能自理了。她用自己的意志和毅力,谱写了一曲残疾人的凯歌。

生活上,她是个强者;学习上,她更不是个弱者。

除了每天一小时的晨间锻炼,其余的时间,她就一头扑到书本中去了。她要用知识治疗残疾给自己带来的痛苦,要用行动证明自己并不比别人差。

功夫不负有心人,那年七月,她以全校第二名的成绩,考入了柯岩中学。

她十分爱好文学,不但爱读文学作品,尤其喜欢写作,诗歌、散文、小说等体裁她都尝试。后来,她的小说在报上发表了,从此,她学得更勤,写得也更多了。她说:"我要把生活的甜、酸、苦、辣都写在纸上,让我生活更充实一些……"

"梅花香自苦寒来",这个才十四岁的女孩,正似迎霜傲雪的蜡梅，以她的坚韧毅力和顽强斗志，迈着人生的每一步！小国琴并没有食言，她不但做到了，而且做得非常出色。

岁月匆匆，一眨眼已二十多年过去了。那天，我正在超市购物，忽听有人叫我："沈老师，你也来购物呀。"我转身见是位中年妇女，不由得一愣。那女子见我疑惑，笑笑说："沈老师不认得我了？我是国琴呀。"我仔细一看，果然是国琴。虽然这么多年不见，但从脸形还是能认出来的。我见她走路已接近正常人了，如果不仔细看，还真不知她曾患过小儿麻痹症呢。她告诉我，她在一家企业做会计，收入还不错，并已结婚生子，儿子正在读高二。看着她满脸的喜色，我知道她过得很不错，暗暗替她高兴。

是呀，人生之路是艰难曲折的，但只要能毫不畏惧地迎战，并勇敢拼搏，那一定会有意想不到的回报！

第二章

往事如烟

儿时的蟋蟀

蟋蟀，又叫蛐蛐，是一种棕黑色的昆虫，因为它好斗善鸣，人们便常常捉来比斗玩乐。记得少年时，我也捉过蛐蛐，并与小伙伴们一起比斗。

那时，每到夏末秋初之际，我常和小伙伴们一起去抓蛐蛐，一起比斗，乐此不疲。

其实，好斗的蛐蛐都是雄性的，长有一对锋利的赭红色大牙，犹如两把大刀；头顶两根长须不时摆动着，背上有一对乌黑油亮的翅膀，每当它展开抖动时，就能发出"曜、曜、曜"的鸣叫声；它的屁股处还生有两根针似的东西，好似两根细细的长枪，因此，我们便叫它为"二枪"。还有一种身上没有翅膀，而屁股上却生有三根枪的，我们称其为"三枪"，它是雌性蛐蛐，不会厮斗，也不会鸣叫，我们从来不去捉的。

每当我们捉到蛐蛐，便会与小伙伴们比斗。我们把准备决斗的两只蛐蛐放进盆里，然后用蛐蛐草（一种用青草老穗部分批制而成的草梗，头部有笔状的白色绒毛），不停地拨弄蛐蛐的头部，把这两只蛐蛐的斗志激发起来，于是，便你死我活地厮斗起来。每当其中一只战胜了对手，便会"曜、曜、曜"的鸣叫起来。谁抓的蛐蛐本领高，便称其为"常胜将军"。

那时，我常去野外捉蛐蛐，把捉到的蛐蛐养在一只只蛐蛐罐里。这蛐蛐罐是瓦窑里烧制的一种瓦罐，我家这种罐有四五只呢，我把这些捉来的蛐蛐儿按其比斗本领的高下排好次序，最好的称为"头王"，养在那只雕有花纹的大蛐蛐罐内。其余几只"二王""三王"则依次养在另外几只瓦罐中，并用青毛豆喂养。有些人为了方便，随便拿几颗饭粒喂。其实这样会使蛐蛐肚子大起来而丧失战斗力，只有用新鲜嫩黄豆才能使蛐蛐保持战斗力。这几只蛐蛐闲时听听它们的鸣叫或"弹琴声"，有"战事"时，便让它们上"战场"杀敌。

有小伙伴捉到蛐蛐便来与我的蛐蛐比斗，我一般先不动用"头王"，往往选"二王"或"三王"先与他们的蛐蛐斗。他们把刚捉来的蛐蛐放到我的蛐蛐罐里，我拿一根蛐蛐草在那准备决斗的蛐蛐嘴边不停拨动，逗得它们张开那对刀子似的大牙，斗志一下被激发出来。于是，两只蛐蛐便在罐内厮杀起来，往往都是我的那只获胜。有时，如果连"二王"也斗不过人家了，我便祭出自己的最后一张王牌——"头王"，与前来的"劲敌"比斗，因为我捉的蛐蛐多，一般常有四五只养着，故而总是我的蛐蛐胜，等我的蛐蛐获胜唱响"嚁、嚁、嚁"的胜利凯歌时，我心里便十分得意。但见伙伴们一副垂头丧气的样子，默默地离开我家。

我不但捉蛐蛐与小伙伴们互相比斗，还捉了拿去卖给村里那个专门收购蛐蛐的王大爷，但每只也只能卖一分钱，最多也就二三分钱罢了。据说，王大爷是把收购来的蛐蛐拿到上海去卖的。上海有专门斗蛐蛐的地方，叫蟋蟀场，那里玩蟋蟀的可都是大人，没有小孩子，而且斗赢了还能得到很多钱。其实，他们是以斗蛐蛐来赌钱的。

一次，我在自家菜园里捉了一只蛐蛐，这只蛐蛐有两只"三枪"陪伴着，体型也特别大，比其他的蛐蛐大很多，浑身乌黑油亮，精神抖擞，那鸣叫声也特别洪亮，真的称得上是蛐蛐王呢。我喜出望外，拿着这只蛐蛐去与小伙伴的蛐蛐斗，都被我的这只蛐蛐王斗得一败涂地。兴奋之余，小伙伴便提议我把它卖给王大爷，一定能卖个好价钱。经不住大家的撺掇，于是，我捧着这只蛐蛐王和几个小伙伴来到王大爷那里。王大爷看了后点了点头，不动声色地挑出一只他自己养的蛐蛐，放到我的蛐蛐罐里。

王大爷这只蛐蛐也与众不同，个子也很高大威猛，可与我这只相比，还是矮小了一截。只见王大爷用蛐蛐草逗了一下自己的那只蛐蛐，那只蛐蛐一下子被逗得斗志高昂，露出一对棕红色大牙；然后，王大爷又用蛐蛐草来逗弄我这只蛐蛐王，我这只也露出一对棕红色大牙，并一下子窜过去与王大爷那只蛐蛐厮斗起来，但见两只蛐蛐你进我退、我进你退斗得难分难解，我和小伙伴都紧张得屏住了呼吸。忽然，只听到"嚯"的一声，我的蛐蛐王把头一甩，一下把王大爷的那只蛐蛐甩出罐外。我的这只蛐蛐王立即"嚯、嚯、嚯"地唱起得胜凯歌。可怜王大爷那只蛐蛐被甩出罐外后，好半天翻不过身来。王大爷点点头说："确实是只好蛐蛐，不过，我却折损了一员大将，这只蛐蛐从此再也不能上战场了。这样吧，我给你一角钱，这只蛐蛐我收下了。"

我心中暗喜，一角钱呢！可买十粒糖呀，从来没有卖过这么多钱的蛐蛐呀，可我假作不舍地说："不，只有一角钱，不卖。这可是只真正的蛐蛐王呢，被我捉到时有两只'三枪'伴着，它不但有王后，还有王妃呢。"王大爷被我的话逗笑了："呵呵，真有这种

第二章 往事如烟

事?"小伙伴立即帮着我作证:"对,对,真有两只'三枪'呢。这么好的蛐蛐,卖二角钱也不算多。"

争了好一会儿,王大爷才又笑着说:"那给你一角二分吧,这是我收购蛐蛐以来最高的价钱了,你如不卖那就算了。"

最后,我以一角二分钱把那只蛐蛐王卖给了王大爷。回家的路上,我去小店花三分钱买了三颗水果糖,我自己一颗,两个小伙伴每人一颗。我把剩下的九分钱,放进衣袋里,又在衣袋外用手轻轻按了按,心里别提有多高兴了。

我捉了只蛐蛐王卖了一角二分钱的事,很快在村里的孩子中传开了,大家都捉起蛐蛐来,也想捉只大蛐蛐卖个好价钱,买水果糖吃,就连我妹妹也捉起蛐蛐来。

这天傍晚,我妹妹捏着小拳头跑到我身边说:"哥,我也捉了只蛐蛐。"我抬头说:"哦,你也去捉蛐蛐了,我看看。"她小心翼翼地把小拳头松开,一只半死不活的蛐蛐出现在她手心。我哈哈大笑说:"你怎么捉了只死蛐蛐?"妹妹难过地说:"我可追了很多路才把它捉到的呢,怕它逃走,我手又小,就不小心把它捏死了。"我拍拍她肩膀说:"你手小可以用两只手合起来,就不会捏死了。"妹妹点点头说,知道了。

过了几天,妹妹又跑来对我说:"哥,我今天又捉了只很大的蛐蛐,这次保证没有受伤。"见她果然用双手捧着,我忙拿过蛐蛐罐叫她放进去。

她小心地把手中的蛐蛐放进罐里,这次倒确实没有把它捏死。可等我仔细一看,又差点笑弯了腰。原来,她捉的哪里是蛐蛐,却是一只油蛉。这油蛉形状很像蛐蛐,但体积比蛐蛐要大一倍多,也能用翅膀发出鸣叫声,但叫声却是"唧铃铃、唧铃铃"的声音,因此我们又称它为"油唧铃"。而且，油蛉也不会厮斗，我们都不屑去捉的。想不到我妹妹把油蛉当成蛐蛐捉来了，引得我把眼泪都笑了出来。妹妹也站在一旁"嘻嘻"傻笑起来。

　　如今，一晃几十年过去了。有时，常常会想起这些少年时的趣事，回味一下当年的生活情趣。

第二章　往事如烟

那时，我的"11路车"

记得孩提时，家乡的路除了田间的泥泞小道，便是不足一米宽，用石板铺成的"大路"。当时，交通工具更是十分简陋，那就是人们戏称的"11路车"（即用两条腿步行），当然也可以乘埠船，这是家乡一种最普遍的交通工具。但速度极慢，那时，我们如果要去赶集逛街，只有两个地方可去，一是离我们村八九里路的柯桥镇上，另一个就是相距二十多里的绍兴城里。

那时的绍兴城，虽然只有一条解放路，可我们乡下人都企盼去，因为那里不但有宽敞平坦的柏油马路，还有来来往往的行人车辆；最令人新奇的是那些驶得飞快的各种汽车，呼地一下就开过去了，看得人眼花缭乱；大街两边店铺林立，各种商品琳琅满目，好似走进了一个色彩斑斓的童话世界，令人目不暇接。

去绍兴城里得用自己的"11路车"——步行两个多小时。如果乘坐埠船，要花钱不算，更是慢得你心中十分焦急。船沿着鉴湖一路过去，乘客不断地上上下下，船便停停走走。这样，从早上六点多开始乘船，等来到绍兴城里已是十点多钟了。足足要花三个多小时。等买好东西再乘船回到家里，已是下午四五点钟，需要整整一天的时间。因此，上一趟城真是十分不容易。

去绍兴城里这么不易，村民们便选择去相距较近的柯桥集镇。去柯桥只有八九里路程，只需走一个多小时就能到达。如果去得早一点儿，到了那里抓紧时间办事，一般在中午前都能回到家中，只需半天时间就可以了。于是，人们便常去柯桥。但柯桥在当时毕竟是个小集镇，只在上午才有集市，下午散了集便买不到什么东西了。

我是在20世纪50年代末60年代初读初中的。记得那时我在绍兴塔山下的绍兴二初（即现在绍兴文理学院附中）读书，平时住在学校里，到星期天才回家一次（那时每周只放一天假）。因此，每到周六下午，上完课我便急匆匆用"11路车"步行回家，到家时已是傍晚了。如果是冬天，有时回到家里天已经黑了。可第二天下午又得徒步回学校去了，在家里只待了半天时间，还是在路上的时间多。因此，有时我干脆隔周回家一次，以减少来回跋涉之辛苦。即便是这样，三年的初中生活下来，竟练就了我的步行能力。

到了20世纪70年代末期，我们这里有了客轮，花2角钱就可乘轮船去绍兴城里了。轮船可比埠船要快得多了，只需1个多小时就能到达。

后来，村里又修了条机耕路。有人便买来自行车，去柯桥、绍兴城里方便多了。只是有自行车的人家那时毕竟还不多，也不能带人，又不能带很多东西。

到了20世纪80年代，城乡间的交通迅速地发展起来，原先的那条机耕路修宽了，还铺上了水泥，与104国道线连接在了一起，路变得通畅起来了。不久，又开通了从绍兴到柯桥的农村公共汽车，从此，再也不用我的"11路车"了。

如今，家乡公路四通八达，公交车还开到了家门口。不但有好几条公交线路，班次也很多，相隔十几分钟就有一个班次，去一趟绍兴城已十分方便，犹如就在家门口。许多人家还买了私家车，绍兴城里更似在身边。有时，嫌绍兴城东西少，村民们就去杭州购买，到傍晚便能回到家里。

回首这几十年来家乡之路的不断变迁，村民们都感慨地说：这家乡的路呀，不但真实地反映了改革开放这40多年来我们家乡面貌的巨大变化，而且大大拉近了城乡之间的距离，家乡变得也像城市那样繁荣热闹了。你看，高楼林立，马路四通八达，各种车辆来来往往，哪里还分得出这是在农村还是在城市？这可真是一条从贫穷落后走向繁荣昌盛的小康之路、光明之路呀！

隆冬时节忆火熜

随着冬天的到来，气温也越来越低，这几天已在零摄氏度上下了。为了御寒，人们便纷纷打开了空调、暖风机取暖。

坐在暖烘烘的空调房内，我不由得回想起小时候用火熜取暖的情景。

那时，农村还没有电，农村里唯一的取暖工具便是火熜。这火熜是一种用黄铜制成的取暖工具，外形呈倒凸字形，由盆体、盆盖和提手三部分组成。盆体上半部较大，下半部略小，里面放一些木屑、干豆壳等做燃料，上面再放上一些烧饭时刚刚燃烧过的草木灰助燃，并用盖压实，盖上盆盖，便可用来取暖了。盆盖上面有许多圆形小孔，以利空气里外对流助燃。等十分钟左右，里面的燃料开始慢慢燃烧，火熜便越来越暖。这些火熜有的还做得十分精致呢，盖上镌刻有龙凤、花鸟，提手上也刻有图案，很是漂亮。

火熜有大有小，大的一般直径有三十厘米左右，可供三个人同时烘脚或烘手取暖；中等的直径也有近二十厘米，也能供两个人同时使用；小一点儿的直径只有十五六厘米，只能供一人使用。还有一种更小的微型火熜，又叫作手炉，仅有两个拳头合起来那么大，虽然很小，但便于携带。人们便可提着这小火熜到外面串门，并把

第二章 往事如烟

它放在身前外衣里面取暖，不一会儿，整个身子便都暖烘烘的了，倒也是很不错的。

每天清晨起来，人们在烧饭的同时就开始在这些火熜里装干豆壳、木屑等燃料，再把柴草灰用烧火杆敲碎，然后把这些敲碎的柴灰或草灰放到火熜里。一般柴火的灰要比草火灰好，燃烧的温度高。不过，要在火熜盖上面放一块布，以防烫伤手和身子。

火熜一般每家都有一两个，有些人家因家里人多，经济条件好一些，便有三四个，但最多也不可能每人一个，因此，一般都让给老人和小孩使用。

火熜不但白天可供人们烘脚烘手取暖，晚上临睡前，一些老人和小孩也常常用来烘被窝。但为了防止睡着后火熜被脚蹬翻，引起火灾，因此，都只是睡前烘一下被窝，等烘热后，便要把火熜取出来放到床外了。

除了能取暖外，我们这些小孩子还有另一种用途，那就是用火熜充当临时炉子，用来煨豆、煨谷子等。在我们农村，差不多每家都在初夏时节收有罗汉豆，晒干后藏在陶瓷彩瓶里。我们这些孩子便去抓几把干罗汉豆放到口袋里，然后拿着火熜到外面墙角处，边晒太阳，边在火熜里煨豆。方法很简单，从口袋里掏出豆子，打开火熜盖，把豆子直接放在火熜里面的热灰上，不一会儿，这些豆子便飘出阵阵香味，这时，再把豆子翻个身，使另一边也在热灰中烤。等另一面也飘出香味时，这些豆子就已经熟了。于是，我们便迫不及待地把这些豆子从火熜里取出来，放到火熜盖内，再从口袋里掏出几粒放进火熜内。这时，你便可慢慢享用刚刚煨熟的豆子了，热烘烘、香喷喷的，这在那时可算是我们最好的零食了。有时，没有豆子咋办，我们就拿稻谷、高粱米来烘烤，不一会儿只听到噼噼啪啪的一阵响，那些谷子、高粱米都成了爆米花了，口味也挺不错的。有人还拿粽子、番薯、年糕等在火熜里煨烤呢。但得用大一点儿的火熜才能煨烤,那些粽子、番薯、年糕也不能太大,否则,东西没烤好,火熜却熄灭了。煨烤这些东西时间也要长一些,一般需大半个小时。火熜里飘出阵阵香气,便告诉你东西已经熟了。你便可从火熜里取出煨好的粽子或番薯,剥开粽叶或薯皮,咬一口,热烘烘的,又香又甜,味道真的好极了。

冬天,我们这些孩子一边在墙角下晒着太阳,一边烘烤豆子、煨番薯等,还边听一些老人给我们讲故事,并不认为生活艰苦,反倒都觉得乐哈哈的,十分有趣味呢。

不知为什么,那时的冬天比现在更寒冷。早上起来,河里、水缸里经常都结着厚厚的冰。我们就用那烫手的火熜盖放到冰上,不一会儿,便融出了一个火熜盖大小的圆形冰块。我们拿来这块圆冰,用一根铁丝在火熜里煨一下,等铁丝煨热后,便在这圆冰上烫个洞,再拿一根稻草穿在冰孔内,便制成了一面铜锣(其实应叫冰锣,但我们都这么叫)。于是,我们一手拎着这面铜锣一手拿根木棒,边敲边喊:"噹噹噹,今天夜里开大会。"玩得十分开心,早忘记了寒冷。

那时,在我们农村,家家都有大灶。田里有的是稻草,山里多的是木柴。用烧饭烧菜燃尽的草木灰正好给火熜助燃,可谓物尽其用。如今,家家都拆了大灶,改用了煤气灶、电磁炉,即使在农村,也很少见到那样的大灶了。用火熜取暖的年代,已一去不复返了。

如今,又到了寒冬季节,我不由得想起了童年时用火熜取暖,煨豆煨番薯和制作冰锣的情景,重温一下当年的生活情趣,仿佛又回到了童年的岁月。

摸河蚌

最近，有文友在朋友圈里晒了张盛着一盆河蚌的照片，有人还以为是一盆黄蚬，我说："不是，这是河蚌。"接着，又有人说起了摸河蚌、踏"鸡冠"的事。于是，大家便又聊起了少年时的趣事。

记得那时，每到夏天，我们几个小伙伴都要到村前的鉴水河里摸河蚌或者踏"鸡冠"，既为消暑，又为家里增添一道美味佳肴。

河蚌，在我们家乡又称湖蛏，或叫水蛤。大的，每只有一斤左右，小的也有三四两重。家乡河里河蚌非常多，又都栖息在岸边浅水处的泥沙中，因此，男女老少都能摸到，半天时间就能摸到一面盆，足够全家人美美地吃一顿。

那段时间，中饭后，稍微睡个午觉，我便和几个小伙伴每人扛一只木头脚盆（那时还没有塑料脚盆），去河里玩水，摸螺蛳，摸河蚌。每次收获颇丰，少则半盆，多则一盆。

后来，大家觉得摸螺蛳河蚌不过瘾，便提议去踏"鸡冠"。"鸡冠"形状像河蚌，但比河蚌个大，因其有个像公鸡那样很大的边，故叫"鸡冠"，"鸡冠"肉质与河蚌不同。河蚌的肉呈赭色，而"鸡冠"的肉呈淡黄色，比河蚌的肉更为鲜美。因"鸡冠"个比河蚌大，一般每个有二斤左右，最大的甚至有三四斤重。而且大

"鸡冠"内常有珍珠,是很值钱的。因此,大家都喜踏"鸡冠"。

但"鸡冠"河岸边浅水处是没有的,需到离河岸较远的水深之处,而且其大半个身子都躲在河底泥沙之中,只露出很小的一截在外面,因此要用双脚慢慢踩踏过去,如果稍有疏忽,就会逃脱。因此,你得十分小心。等你脚踩到了鸡冠露在泥沙外那截外壳,便需一脚紧紧踩住它,再钻入水中把它从泥沙中挖出来。有时,踩到的是个大个鸡冠,一次挖不出来,你得先露出水面透一口气,而脚仍需牢牢踩着它,否则你第二次钻下水去会找不到它的。这样经过两三次,你才能把这个大块头"鸡冠"从河底泥沙中挖出来,欢呼一声,把它放到脚盆里,引来同伴们羡慕的眼光。

鉴湖河面宽阔水又很深,为了能摸到更多的"鸡冠",我们每人拿一根一丈来长的小竹竿,到水深的河中间去找。一个猛子下去,左手捏着竹竿,同时两只手在河底泥沙中一路摸过去,摸到"鸡冠",就把竹竿插在它旁边,先把头露出水面,透一口气,告诉小伙伴你摸到"鸡冠"了,然后再钻入水底去挖,一次不行,透口气接着再挖。直到把这个"庞然大物"挖出来为止。

或许你会问,拿这个竹竿干什么,一次挖不出,第二次不一样可以去挖吗。其实不然,水底是很大的,你钻出水面透口气后再钻下去哪里还能再找得到?只有用竹竿插在那个"鸡冠"旁才不会丢失。

这样,半天下来,到傍晚时分,就已摸到一脚盆的"鸡冠",足可让全家吃好几天呢。但你每天都去摸,多了又吃不完,那就给几家邻居送几个过去,让大家都尝尝这美味。

河蚌和"鸡冠",味道都十分鲜美,可以红烧,也可以与咸菜或南瓜等一道烧,那味道比鱼、虾还要鲜美呢,绝对是我们家乡的一道美味佳肴。

如今，已有很久没有去河里洗澡了，更没有去河里摸河蚌踏"鸡冠"了。偶尔在菜市场看到，便会去买点来尝尝鲜，可价钱也贵得离谱，但为了能吃到这美味，回味一下当年美好的记忆，即使贵一点儿，也总要买一点儿来，让全家过一过这久违的家乡菜的瘾吧。

荠菜马兰头

"荠菜马兰头,姐姐嫁到后门头,后门揉破我来修,修得三颗乌焦豆……"这是孩提时流传在家乡的一首童谣。

惊蛰一过,天气渐渐转暖,生长在田边地头的野菜迅速生长,人们便纷纷去野外采撷野菜。

听老人们说,荠菜和马兰头必须在惊蛰后,下过雷雨,驱散了附在野菜上的毒气,才能出去采撷。这话虽有点夸张,倒也有一定道理。因为惊蛰前气候寒冷,野菜都还很小,很难采到,而惊蛰过后,天气转暖,雨水也多起来了,那些野菜在春雨的滋润下迅速生长,长得又大又嫩的,自然是采撷的最佳时机了。

我们乡下习惯把采马兰头、荠菜叫作"雕"。这是因为"采"字从六书造字法来讲是会意字,意为一只手在树木上摘,而荠菜和马兰头又不是长在树上。而用"挖"字,又有把根从泥土中弄出来之意,故也不妥。而用"剪"却又有不经意而很随便的意思。因此,用"雕"字最恰当了。把野菜从根部上面小心地剪下来,让留下的茎又能很快地长出新的野菜来。

每当春季天气渐渐转暖,野菜遍布之时,我们便拿只篮子,一把剪刀,三五一群,或与家人或与小伙伴们一道去野外"雕"野菜。一般我们很少"雕"荠菜,偶尔"雕"一两次尝尝鲜便可,因荠菜性温,吃起来虽很香,但多吃容易上火,而且与另外一种叫鹅菜的野草很容易混淆。这两种植物叶子非常相似,都是锯齿形,叶子大小也差不多。只不过荠菜开白花,而鹅菜开黄花,又没有一点儿香味,是用来喂鹅的。还有,荠菜也较少,很难找到。

因此,我们通常都去"雕"马兰头。马兰头,性凉,有清热解毒的功效,多吃也不会上火,还能治牙痛和咽炎呢。而且马兰头比荠菜多,更容易找到。房前屋后,田边地头,到处都是。我们每找到一处长有许多马兰头的地方,小伙伴们便会欢叫一声,蹲下身子就"雕","雕"完了这边,又找另一处"雕"。大家图个热闹、快乐,一边说笑,一边手上不停地"雕",很快竹篮里便满起来了。

我们小孩子都是贪玩的。大家见"雕"得已经差不多了,便把竹篮放在地上,玩起游戏来。玩得最多的是"剪刀、石头、布",输的一方给对方一把自己篮里的马兰头,过一会儿赢了,对方也给自己一把,玩得非常开心。等玩够了,大家再找个地方继续去"雕"。这样,一个下午往往能"雕"满满一竹篮。拿回家里,清理一下,洗干净后,放到镬里烧。先把水烧开,再倒入马兰头,等水再次烧开后,立即倒在竹篮里,拿到河边踏道洗净,然后用手使劲搓揉,把马兰头里的白色泡沫挤出来,反复几次,直到再也挤不出泡沫了,才捏成拳头大小的菜团子,把水挤干后放到砧板上切碎,加点食盐,浇点香油(即熬煎过的菜油),有条件的话,最好能浇点麻油。那时还没有味精,可这样我们已经觉得非常美味可口了。

"雕"马兰头,是为了能吃到美味清香的野菜,为餐桌增添一道佳肴,更是为了寻求"雕"野菜过程中的一种乐趣。

如今，因城中村改造，我们都已身居小区，过起了城里人的生活，再也难找到荠菜、马兰头这些野菜了，也难以体验到当年"雕"野菜的那种乐趣了。虽然仍可以在农贸市场买到，可那都是在大棚里种植的。说得严格一点儿，早已失去了真正的"野"味，哪有当年自己在野外亲手"雕"来的味道清香鲜美呢！

第二章 往事如烟

我的第一个儿童节

"六一"儿童节即将到了,各商家都加大力度促销儿童用品,孩子们也都在盼望着自己节日的到来,使我不由得想起了六十多年前我的第一个儿童节。

那时,我们村里还没有幼儿园,我7岁那年就直接读小学了。

记得我的第一个"六一"儿童节是在读小学一下年级时过的。距儿童节大约还有一个月,老师就告诉我们:"六月一日是国际儿童节,学校里要搞庆祝活动。"当时,我们高兴极了,便天天掰着手指算日子,盼望着这个节日快点来到。

6月1日那天,我们都换上了新衣服。早早地来到了学校,学校里贴满了庆祝儿童节的标语,教室里也布置得焕然一新。

上午,仍要上课,可我们哪里还有心思听课,人坐在教室里,心早飞到外面去了。

下午,上完一节课,庆祝活动便开始了。我们先在自己班级搞活动,班主任老师和我们一起唱歌,还分给我们每个学生三颗水果糖和一条黄瓜,我们都开心极了。我拿着糖果,一时舍不得吃。心想,等拿到家里再去吃。可糖果那诱人的阵阵甜香味直往鼻子里钻,哪里忍得住呀,只好对自己说:"吃一颗吧。"便剥了颗水果糖放进嘴里。啊，真甜，从嘴里一直甜到了心里。后来，每每想起，好似觉得嘴巴还有股甜味呢。

接着，我们全校四个班（那时我们学校只有一至四年级）到学校礼堂看"电影"。其实，这电影只是放幻灯片。那时，村里还没有电，这电影是用小型汽灯代替电灯泡放映的。记得看的是《渔夫和金鱼的故事》。校长亲自给我们放，另一位老师拿着根小竹竿在上面给我们讲解。说的是有个渔夫在海边捕了半天鱼，才捕了条小金鱼，那小金鱼忽然对渔夫说："你放了我吧，以后你有什么事告诉我，我一定会满足你的。"渔夫就放了小金鱼回去，并把这件事告诉了他老婆子。老婆子听了，把老头子骂了一顿，要他去对小金鱼说要许多金子，还要一间新房子。渔夫只得到海边对小金鱼说了。回到家，果然破草房变成了新瓦房，还有许多金子。可老婆子竟还不满足，还要让渔夫去对小金鱼说，她要当皇后，叫小金鱼来服侍她。结果，小金鱼生气了，新瓦房不见了，金子也没有了。最后老师对我们说：这个故事告诉我们不要太贪心。孩子们，你们要满足于今天的幸福生活，好好读书，长大了用自己的智慧和双手创造幸福生活。

这次"电影"我们都看得入迷了，直到现在我还记得清清楚楚呢。特别是老师说的"要满足于今天的幸福生活"那句话一直牢牢地记在我心底。

这是我孩提时过的第一个儿童节，也是我记忆最深的一个儿童节！

第二章　往事如烟

鉴湖遇险

鉴湖水清，清澈甘甜，能酿玉液琼浆，驰名中外；鉴湖水美，碧波荡漾，与两岸绿柳青山相映成趣，美不胜收。

鉴湖似纤纤玉带翩翩仙子，轻歌曼舞，给家乡人民带来甜美的生活。

但鉴湖也有发怒之时，恰如一只狂吼咆哮的怒狮，变得翻脸不认人，恨不得一口把你吞噬。

那是三十多年前的"双夏"，我就曾领受过鉴湖的狂怒恣情，险些葬身湖底。

那天下午，没有一丝风，热得人喘不过气来。我与十岁的女儿划一叶小舟，去鉴湖彼岸载稻草。那时，稻草是我们农村烧饭做菜的主要燃料，怎肯让它烂在田里呢。

小舟在碧波粼粼的湖面滑行，湖水平静如镜，木桨捣碎了水中小舟的倒影，充满了诗情画意。那因闷热带来的烦躁顿时烟消云散。心胸亦觉开朗，不由得劲道猛生，小舟如飞前行。

下午四时许，乌云从南边山头滚滚涌来。须臾，便布满了整个天空，原本明朗如镜的湖面，一下变得似黄昏来临，眼看暴风雨就要来了。人们忙着驾船回畈。

我又载了一船稻草，女儿在船首，我在船尾，急匆匆拼力横渡鉴湖，向村子划去。

小船刚划到湖心，突然在头顶响起一声炸雷，接着，从对面刮来一阵狂风，一下把船刮得向后倒退。环看四周，有些船已驶过湖心，进入了避风湾，有些船见风浪已大，就又泊回岸边，只有我那叶小舟在湖心打转。

风越刮越猛，刚才还平静得似个少女的湖面，如今波涛翻滚，巨浪接连向小舟泼来，打得小舟颠簸起伏，眼看就有覆舟的危险。岸上的人们眼睁睁看着我们遇险，却因风浪实在太大而无法救援，只能为我们捏一把汗。

我慌了，拼力划桨。可风太大了，耳边听到的是屋上的瓦片被狂风卷起又击碎的"啪啦啦"的响声。船不但没有前进，反而被大风刮得飞速向下游退去。又一个巨浪打来，水漫进了船舱。女儿吓得牢牢抓着船舷不敢稍有动弹。我知道，如果这时我稍有松劲，小舟马上就会被巨浪打翻。我边鼓励女儿别怕，边猛力划桨。

又一阵狂风，夹着豆大的雨点袭来，把船上的稻草卷起，刮出船外。我心头一亮，忙叫女儿把船上的稻草都丢出船外，小船减轻了负荷，船身离水面高出了许多，巨浪再不能泼向舱内了。但我仍不敢放松，迎着风浪，拼命划桨。

风更大了，雨更急了，湖中好似随时都会伸出只巨手来把小舟掀翻。

拼搏中，我蓦然发现，小舟虽仍飞速向下游退去，但因我拼力不停地划桨，小舟在慢慢向岸边靠拢。我心头顿时燃起了生的希望，更用力地划着桨。

小舟渐渐地靠岸了，我忙叫女儿抓住岸石，可因风实在太大，

第二章　往事如烟

小舟后退速度太快，一下没有抓住。我没泄气，更用力猛划，船再次拢岸，我叫女儿做好准备，抓住！好，终于抓住了岸石。我也忙站起身，双手抓住了另一块岸石，小舟终于停住了。我赶紧用绳子牢牢拴住，这才重重地吁了口气。回身向驶来方向望去，不觉中小舟已被狂风刮得倒退了近二里路，好险呀！这时，我只觉浑身无力，一下子瘫坐在船尾。女儿也紧紧抱住我，颤抖着说："爸，我好怕呀！"我拍拍她的身子，安慰道："别怕，别怕，我们已经平安了！"

这次遇险，使我亲身领受了大自然那喜怒无常的脾性，但更使我懂得，面对风暴，面对艰难险阻，除了勇敢地迎上前去，别无他路。

社戏的怀念

鲁迅曾描述过看社戏吃罗汉豆的趣事,确实令人十分怀念。小时候,我也很爱看社戏。除了令人回味无穷,还遇到一些意想不到的事呢。

那时,农村没有什么娱乐活动。于是,看社戏便成了村民们唯一的享受。那几天,是村民们最高兴的日子,呼朋请友,热热闹闹地快乐一番。我就是在那时迷上社戏的。

演社戏是有讲究的。每逢过年或庙会之际,为感谢菩萨的保佑,也为求一年的风调雨顺,村里便有人牵头募集资金,请来戏班子,搭台演戏,常常一演两三天。那几天,整个村子像是庆祝盛大节日似的,家家都忙碌起来。杀猪宰羊,备好酒菜,把外村的亲戚朋友早早请来。一起观看社戏。

我们孩子也忙碌起来,背上凳子抬着桌子到演出场地"抢地盘"搭看台。这看台不能搭在戏台正中,因为正中是留给那些没拿凳子的外村人及壮年男子站着观看的。因此,看台一般都搭在戏台左右两侧。看台其实很简单,地上放一顶大方桌,上面再放两条长凳,可供四五个人坐着看戏。而且因为坐得高,视线不会被别人遮住,戏台上的演出可以看得清清楚楚。也有些胆大的,把看台搭在戏台前正中，但时间不长，就会被后面站着看戏的人群挤得摇摇晃晃，只得匆匆转移到旁边去。

每逢村里演社戏，我必早早地搭好看台，边吃着从台下小贩那里买来的油炸臭豆腐、瓜子、花生之类的东西，边坐在看台上等待开演。

戏台形式各有不同，有用大块石板造就，上面盖有八角亭子式翅形顶棚的固定式戏台；也有一种半固定式的，即左右两边用石板建造，中间用木板连接，平时卸下木板，供人通行，演戏时铺上木板，连成一个完整的戏台；还有一种是建造在河边的，人们既可在岸上观看，也可驾一叶小舟把船泊在水上观看；更有一种用一根根杉木搭成，台顶盖上帆布的临时戏台。那戏台大都有一人多高，即使站在后面也能看到台上的演出。至于前来演出的戏班子，有演越剧的，也有演绍剧的。我最喜看绍剧了，如《龙虎斗》《火焰山》《五虎平西》等。打斗起来，最来精神。那戏往往从下午2点左右开演，一直要演到第二天凌晨。我当然是每场必到，且一直要看到捧台廊柱（即结束）为止。

有时候，邻村演出社戏，我也常与伙伴们赶去观看。一般相距三五里的村子，我们都会去看的。

一次暑假，听说距我们村子五六里的中梅村演社戏，戏班子非常有名，是浙江绍剧团来演出，机会难得。虽说路远了点，但我仍兴冲冲地与伙伴们赶去看戏。当我们赶到那里，戏已经开演。只见方圆五六亩的空地上挤满了看戏的人，足足有一千多人，说是人山人海一点儿也不夸张。那戏台也非同寻常，是用两个临时戏台拼搭成的，显得特别高大而有气势。那天下午演出的是《孙悟空大闹无底洞》，都是些著名演员，有演孙悟空的六龄童，演猪八戒的七龄童,演唐僧的筱昌顺,果然打斗精彩,唱念俱佳,不时博得台下观众的阵阵喝彩。

谁知,天公偏不作美,快到傍晚时分,忽然乌云滚滚,雷声隆隆,眼看要下雨了,我和伙伴们只得恋恋不舍地离去。我们一路快步而行,还没到家,豆大的雨点就伴着一声霹雳落了下来。我们急忙跑进路边的一座破庙避雨。这时,已是狂风呼啸,暴雨倾盆。隆隆的雷声在我们避雨的破庙上空炸响,吓得我们几个孩子挤作一团,蜷缩在屋角瑟瑟发抖。幸亏一道避雨的还有几个大人,才没被吓坏。

这场暴雨足足下了半个小时。这次看戏可说是最令人难忘的一次了,现在想起来还心有余悸呢。

近几年,随着电视机、影碟机的普及,人们都懒得跑到外村去看社戏了,即使在本村演出,也很少有人去看。只有那些老大妈、老大爷还难以割舍。而那社戏的规模也已远不如以前,往往只有十来个演员,观众就更少得可怜,只有寥寥几十人而已。但每次村里演社戏,我都要去看一看,追忆一下当年看社戏的情景。因为,我总觉得有一种难以忘怀的亲切之感。这正像一杯醇厚的美酒,令人回味无穷。

趣忆年终牵大网

冬至一过，离过年越来越近了。随着年终的临近，我不由得回想起家乡在年底牵渔大网（又叫大水牵）捕鱼、分鱼的热闹情景。

那时，绍兴水乡因江河遍布，各地一般都建有渔场，有些渔场还有好几个鱼荡呢。渔场养有胖头鱼、鲢鱼、螺蛳青、草鱼等各种鱼类。为了不使荡内的鱼儿逃出荡去，一般都用竹箔（又叫渔箔）拦在河道处把鱼围住。这种箔是用毛竹棒编制而成的。鱼箔编制比较简单。先把毛竹劈成两三米长、手指粗细的竹棒，然后用棕榈绳把竹棒编织成篱笆状，拦在江河中。再用竹桩固定，使其牢固，即便船只不小心碰撞，也不会倒伏。因河水浸泡容易使绳子腐烂，故需用棕榈绳编织。又因在河道中常有船只来往，这些竹箔围栏就需留一个三米至四米宽的口子，让船只能自由通过。为不使鱼儿从口子逃走，就得在此处做一个箔门。箔门只比水面高出半尺左右，太高会阻碍船只通行，太低又会让鱼儿逃走。箔门的竹棒也需比竹箔柔软一些，使船仍能自由来往通行。

我们家乡也有一个渔场，叫柯岩公社渔场，我们柯岩的这个渔场，就有凡湾江、柯山大洋、澄湾鱼独江等好几个鱼荡，我家附近的那个鱼荡叫凡湾江，因江最宽、水最深，故鱼也最多。鱼荡里也都养有鲢鱼、胖头鱼、草鱼、螺蛳青鱼等，我们管这些鱼叫荡货，平时是不能随便捕捉的。渔场有专人看守，每道箔门边都建有一座渔舍。渔舍搭建在水中，也全是用毛竹搭建而成。面积不大，也就4平方米左右。渔舍顶部用竹篾编制而成，成弧形，就似大船的一扇船篷，以挡风雨。渔舍里面很简单，铺一张床，外面放一个用半只破酒坛制成的缸灶，灶上放一个铁镬，可烧菜做饭。守箔人就整天住在渔舍，防箔被人撞破，又防有人来偷鱼。

每到年终，渔场便要把养殖的鱼捕捉起来，并分给全社的社员。说是分，其实并不是白拿的，也需用钱买，只是很便宜，每斤只需一二角钱，而且不用现钞，年终从每户收入账里扣除即可。那个时候，人们是最开心的，知道有鱼分了，能改善一下生活了。

我们公社的渔场在鉴湖河面最宽、水最深的那一段水域，故鱼儿特别多而肥大，每年年终都能捕捉几千斤乃至上万斤鱼儿。一般在快近年终大网捕鱼前，先在凡湾江四周几条支流处用普通的渔网捕捉一部分鱼儿，目的是把鱼儿都赶到凡湾江的水域，以便到时把河中的鱼儿一网打尽。

大约在每年农历十二月二十前后，渔场就要开始牵渔大网了。因这个网非常大，能把凡湾江水域只用一张网就围起来，然后由二三十个大汉拉网，故我们又都叫大水牵（读作驮肆牵），这场面十分壮观。宋代陆游观此景曾作诗吟咏："捕鱼时见连江网，迎荻遥闻过埭声。"可见其声势之浩大壮观。

你看，渔场工作人员把特大的渔网放到水里后，几十个身穿橡胶裤子或橡胶围身的人便一起用力在岸上拉，嘴里"哎唷、嗨唷"地齐声喊着号子。这网十分庞大，网眼有小孩拳头般大，一般小鱼能从网眼中逃出去，使其第二年能继续生长，不致鱼种灭绝。同时，拉网也省力得多了，否则，这么大的一张网，得需上百人才拉得动呢。随着渔网越收越紧，网里的鱼儿便蹦跳起来，我们常常去岸边观看捕鱼的场景。一些村民也纷纷划着小划船出去守在大网边，有时网里的大鱼蹦跳出来，落进靠在网外的小划船中，划船的村民便兴高采烈，这鱼是自己跳进他的船中呀，况且渔场的人们也顾不过来，他便悄悄地把鱼捧回家里，又转身划船出去了。

这大网一般要到午后才能全部收拢，然后把鱼全都捉起来。鱼大都是鲢鱼和胖头鱼，装进等在旁边的一只只大木船里，这些木船都是各生产队派来装鱼的，渔场自己也有几只大木船装鱼。除了鲢鱼和胖头，还有草鱼、鲫鱼和螺蛳青鱼等，因价格较高一些，渔场是不分的，都自己留下出售，为职工增加一点儿收入。

等把网中的鱼全部装进木船后，人们便都摇回自己生产队分鱼去了。

于是，大家都拿着竹篮或箩筐，纷纷到自己的生产队分鱼去了。

我们村有四个生产队，一般农业户每人可分五斤到十斤鱼，但像我们这些国家供应户每人只有三斤可分，而且需现钞，不像农民只需记个账就行。我在1969年插队支农后，也成了农业户口，与农民享有同样待遇了。农业户口一般家庭三四个人就能分到二三十斤鱼，一些大家庭有七八口甚至十几口人的，就有一百来斤鱼可分。这么多鱼一下子吃不完，于是，村民们就晒鱼干，少的晒三四条，多的要晒十多条鱼干呢，以备春节时招待客人。鉴湖因水深河宽，水质又好，故鱼儿特别肥大，大的每条有十多斤重，小的每条也有三四斤重呢。

这一天，河水因家家剖鱼、洗鱼，水面漂满了油珠，可不要担心河水会被污染，过几天水就又清澈见底了。

那时，我们小孩子最开心了，有鱼吃了呀。当然，大人们也都喜气洋洋的，都相互问询："五九嬷嬷，我家分了五条大鱼，你家分了几条呀？"五九嬷嬷便笑嘻嘻地答道："我家比你家多两个人口，多分了三条，有八条呢。哈哈，我还晒了五条鱼干，过年可以待客，剩下的用酒糟糟一下，农忙时还可以吃呢。"于是，博得一片称赞声："啧啧，会打算，会打算！"

傍晚，村子里家家都飘出了鱼香，每家的餐桌上便多了几碗鱼，有鱼头芥菜汤、红烧鱼块、萝卜醋熘鱼等。于是，便又去刚酿制的酒缸中舀出几碗新酒来，一家人便尽情地喝个痛快。

这几天，人们特别开心，就像过节似的。

儿时水乡鱼虾乐

我的家乡是水乡，那里江河纵横。你看，一条小河从村子中间穿过。村子的北面有条小河，村子的南面也有一条小河。鉴湖的一条支流从村东流过，另一条支流又从村西流入，向南百步之遥便是绍兴的母亲河鉴湖，真的是个名副其实的水上威尼斯。

有河便有鱼虾，我们那里的鱼虾又特别多，人们便常常在河里捕捉鱼虾。因而，造就了一些捕鱼捉虾的职业。

一、远去的掏捻船

记得童年时，经常看到一些捕捉小鱼小虾的掏捻船，从河中捕捉鱼虾，卖给村里人。

这捕捉鱼虾的工具称为捻。这捻由麻线编织而成的捻布剪裁后缝制而成，形状如一只三角形的大水饺，与捻河泥的捻形状极相似，但泥捻因捻的是河泥，捻满一兜足足有七八十斤，因而需牢固，捻杆用小毛竹制成；而掏捻只是为了捻一些鱼虾，则需轻便，捻杆一般用淡竹竿制成，故而，虽比泥捻要大一点儿，却轻便得多。捻兜下面开合的口子上，两边各用两根毛竹片夹住，再用金属捻圈固定住，这样，捻口既平实牢固，合拢时又非常严密，鱼虾就不会从捻兜里漏出来。距网兜上部约三十厘米处用麻绳把两根竹竿固定住，以便掐捻时可以使捻灵活地打开或合拢，既轻便又灵活。捻兜长约一米三四，下面口大，上面略小，更便于捕捞。

　　捕鱼人往往划一小木舟，在近岸河滩处掐捻鱼虾。你看，捕鱼人双手捏住两根捻杆把捻拉开，然后轻轻放入水中（不致惊动鱼虾），很快放到河底。接着，双手把捻杆往里一夹，使捻合拢，然后又拉开，再往里合拢。最多也就开合两三下，就收拢捻杆，把捻拉出水面，拉进船舱，把那些活蹦乱跳的鱼虾倒在舱里。所捕的大抵是些小鱼小虾，有鳑鲏鱼、呆土步、玉鳝丁、黄颡鱼（我们家乡叫昂刺）等，有时也有鲫鱼，还有少量的螺蛳。接着，把一些误捻上来的石子、薀草等杂物拣出来扔掉，留下鱼虾，再分别养在船舱里。

　　掐捻船一般都在岸边河滩处的薀草丛中捕捉，因鱼虾都喜躲在水草丛中觅食，所以每次掐捻都有收获，不会落空。

　　半天下来，船舱中的鱼虾渐渐多起来了，捕鱼人便把船停歇在河埠头，放开喉咙开始叫卖："卖鱼哟，虾哟——"村里人听到叫卖声，便纷纷出来选买，有的买鱼，有的买虾，很是热闹。

　　那时，我每每听到叫卖声，便会缠着母亲去买，母亲见我不断催买，就笑笑说："好，好，你这个馋嘴巴，今天就给你买一些开开荤吧。"便拿只竹篮，去河埠头买点小鱼或小虾。那时鱼虾是很便宜的，花二角钱就能买到满满一碗小鱼或河虾。小鱼大都是些鳑鲏鱼、玉鳝丁和呆土步。买来后就在河边踏道头去鳞去肠洗净后，拿回家里或放点酱油在饭镬里蒸，或与咸菜一道烧，便是一道美味佳肴。那个鲜呀，可得当心别把舌头也吞下去。还有河虾，只只鲜活肥大，更是十分鲜美，现在市场里卖的养殖虾是无法与之相比的。可惜在20世纪末，这些掐捻船已渐渐消失在人们的视野之中。

二、棒槌声声入诗篇

除了掏捻船,家乡还有一种叫敲棒槌头鱼的捕鱼方法,其法巧妙独特、历史悠久,其他地方很难见到。而且还很富有诗意,曾令众多唐宋诗人争相吟诵呢!

捕针前先准备一只虾罾(我们家乡又叫虾筲),虾罾底呈长方形,长约一米八,宽一米二左右,高约一米五,用丝线编织而成。底部及三面都是丝网,下面网眼密,上面略疏。正面空着使鱼虾能进去。然后,再用两根长约三米、大拇指粗细的竹枝,用火烤一下,弯成弓字形,并在两根竹枝的中间交叉处用细麻绳缚住,做成一个虾罾架子,再把那个编织成长方形的网绷在竹架上,使其形成蚊帐状,再用一根劈成人字形的细竹棒固定在网口的绳子上,竹棒上部与竹架缚在一起,使网口拉平而不会往下垂。

捕鱼人划一条小木船,再找一个助手(一般为捕鱼人的子女)。他坐在船尾把虾罾紧挨河岸放到水里,坐在船舱前面的那人,面向着他,用一根一尺来长、小孩手臂粗细的木棒,右手倒握住木棒的前端,把木棒后半部放在身旁的船舱边使劲连续上下颤动敲击,便会发出"卟卟卟"的连续不断的敲击声。同时,又一边用左手划动木桨,使船首向岸边缓缓靠拢。那些在水下游弋的鱼儿,受到木棒敲击的声音和震动,慌忙向前逃窜。这时,捕鱼人也同时用划桨(船桨)把鱼赶往虾罾内,然后缓缓把虾罾拉出水面,便看到网兜里面有许多活蹦乱跳小鱼儿。捕鱼人把虾罾一侧,这些小鱼便纷纷落进了船舱。

接着,再向前划一段路,重复上面的动作。一般在踏道边捕得最多,因为人们洗菜、淘米时常会落下些米粒或蔬菜碎屑,这些小鱼便都在那里觅食,捕鱼人抓住机会去那里捕捉,往往收获颇丰。

这种用棒槌（其实是一根形似棒槌的木棒）敲击的捕鱼方法，我们家乡都叫敲棒槌头鱼。因此，捕来的鱼也便叫棒槌头鱼了。这些鱼也大都是些小鱼，如鳑鲏鱼、玉鳝丁等。鱼虽小，或与豆腐、或与咸菜一起烧，真的是透透鲜，而且因鱼小，骨刺也较嫩，一烧就酥，不会鲠喉，比那些大鱼还好吃，加上价钱又便宜，故而很受大家欢迎。又因棒槌捕鱼的敲击声，人们听到棒槌声就知道有鱼买了，没等捕鱼的叫卖，便都纷纷出来买鱼。

据传，这种用敲棒槌捕鱼的方法，在古代还很受诗人的青睐呢。

我的家乡正处在"唐诗之路"一带，是历代文人骚客游历山阴道、泛舟鉴湖之处，亦是他们观赏赋闲、吟诗作文的最佳地方。因此，见到乡人用敲棒槌之法捕鱼，很感兴趣。在诗人眼中，这阵阵的棒槌声，似音乐，似吟唱，极富诗意。故而，唐朝大诗人李白曾在《送殷淑三首》中有"惜别耐取醉，鸣榔且长谣"的诗句；宋代柳永也有"残日下，渔人鸣榔归去"之句，而这"鸣榔"便是"敲棒槌"之意。可见，在浙东的"唐诗之路"上，诗人们一定见过这种敲棒槌捕鱼的场景吧！

如今，随着时代的变迁，这种很富诗意的捕鱼法，我们再也无缘相见，许多年轻人恐怕连听也没听到过吧。我想，这项深受历代诗人青睐的捕鱼绝技能否作为一项非物质文化遗产传承下去，则是有关部门需要思考的。

三、耙螺蛳船螺蛳贱

家乡还有一种不捕鱼虾专捕螺蛳的船，我们都叫耙螺蛳船。

耙螺蛳的工具比较简单，就是用一个带有长柄的竹箕（也叫簼斗）和一把竹耙组成。竹箕形似土箕（或畚箕），但比土箕大得多了。竹箕上装有用两根淡竹竿做成的柄，固定前，先把竹竿在距根部约两米处用火烤一下，并稍作弯曲，再把这两根竹竿固定在竹箕上，成"Y"形。这个竹柄不能与竹箕垂直，需稍向后倾。再用两根短竹棒，把竹柄与竹箕尾部牢牢固定在一起，再在竹柄适当位置固定一根横档。这样，在耙好螺蛳把竹箕拉出水面时，一只手抓住竹柄，另一只手抓住横档，便可轻易地把竹箕在水中前后左右晃动，汰去耙进竹箕的泥沙，也方便把竹箕拉进船里。至于那把竹耙就更简单了，只需用一根长竹竿，下面固定一个长约一尺、宽约四寸的小木板就成了。

耙螺蛳船也须两个人，一般多为夫妻俩。耙螺蛳时，男的先把竹箕放入河底，再用耙把河底的螺蛳一下一下地耙入竹箕中。等耙得差不多了，就拉起来汰一下泥沙，再拉进船，倒入放在小船横档上的竹筲（形似竹匾，但要小得多）内。女的立即把石子瓦片等杂物拣出来扔掉，剩下螺蛳，倒入船舱。这边刚挑拣好，那边男的又耙满了一箕，又倒入竹筲中，女的又马上挑拣，双手十分敏捷。你看，那女子动作是那么的娴熟。但见她双手不停地翻飞，一上一下，似穿梭，似魔术，更似舞蹈，看得人眼花缭乱！哦，这分明是一幅十分亮丽的拣螺图。

就这样，丈夫耙，妻子挑拣，配合默契，大半天时间就能耙数十斤螺蛳。有时，也有只一个人的，那耙与拣都得由他一人兼任，速度就慢得多了。

有人问，耙螺蛳能耙到鱼虾吗？据我看到，从来没有鱼虾，只有螺蛳。因为，用耙把螺蛳耙入竹箕中须耙十数下，甚至更长时间，即使偶有鱼虾被耙入，很快就会逃走的。不像掏捻，被捻入网中就无法逃遁了。

每至春夏，最适宜耙螺蛳。我们家乡有句俗语："清明螺，抵只鹅。"因那时螺蛳多而肥又无籽，人们也最喜欢吃，或盐炒，或笃一下酱爆，味道鲜美，不但可下酒，下饭也是佳肴。酱爆笃螺蛳，素有"笃螺蛳过酒，强盗看见不肯走"之美誉。

那时，螺蛳价钱很贱（便宜），卖时一般也不用秤，就用小汤碗（即饭碗）量，二分钱一碗，花四五分钱就能买到两碗，可谓经济实惠。因为，如果太贵，人们便不会去买了。毕竟这螺蛳河中到处都是，有些舍不得花钱的，也自己从河中摸取，尤其是踏道边更多，不需多少时间，就能摸到一大碗。

四、扳罾和滚钓已难觅

前面介绍的一般不分季节都可捕捞，而这里介绍的则一般都在春末夏初发大水时才能捕捉。

先说扳罾捕鱼吧。一般需在连续下雨河水暴涨后，这时，水流湍急，鱼儿便逆水而上。人们便挑选一处河面较窄处或桥下，把扳罾放在河中，等鱼儿入网。扳罾形似虾罾（虾箸），但比虾罾大很多，而且只有网底，其实就是一张小的渔网，只是这张网的四角缚在两根交叉的竹竿上，并用一根较粗的长竹竿，一端缚在两根竹竿的交叉处，另一端用双手握住，把罾放在河中，见有鱼游动，就可把罾扳出水面，故叫扳罾。为了省力，人们在河岸边打一个半人多高的木桩，把长竹竿的中间部分缚在木桩上。利用杠杆的原理，人们只需在竹竿的另一头往下按，就能把罾拉出水面，非常省力。用扳罾捕捉的大都是粲鱼（一种只有十几厘米形似柳叶的小鱼），也有一些鲫鱼和白鲦，但不多。

记得那时柯桥的大桥（融光桥）下，因水流湍急，我经常看到有人在桥下用扳罾捕鱼，引得不少人趋前围观，每当看到扳罾出水时鱼在网中跳跃,围观者便会发出阵阵欢呼声,此情此景,在我脑海中留下了深深的记忆。这也是当年一道独特的风景线。

另一种捕鱼叫滚钓。找一处鲤鱼经常游弋出没的河,先用木杆或竹竿钉几个桩,每个桩之间相距五米左右。然后在水下两米左右的桩之间,绷上几道挂满铁钩的线,再在竹竿上挂几个铃铛。等鲤鱼从这里游过,只要触动其中一个钩子,鱼儿受痛挣扎,其余的钩子便又牢牢地钩住鱼身,故称滚钓。每个钩子尖端都有一个倒刺,鱼儿根本无法挣脱,而且越挣扎钩子扎得越紧、越多。这时,因鲤鱼挣扎而触动挂在上面的铃铛,捕鱼者听到"叮铃铃"的铃铛声,便知鱼儿已经触钩,便用海抖(一种用竹子弯曲成椭圆形再套上一个网兜制成的渔具)轻易地把鱼捕住了。接下来继续等下一条鱼儿上"钩"。只要你有耐心,大半天就能捕到好几条大鲤鱼!这些用滚钓捕获的鲤鱼一般都较大,大的有十几斤甚至二十多斤,小的也有五六斤呢。有人要问,为啥捕住的只有鲤鱼,没有其他的鱼呢?这是因为鲤鱼生性好动,鱼身又较肥大,而滚钓又布在距水面一米以下的深处,是鲤鱼出没游弋之处,故捕到的都是鲤鱼。我的一位亲戚,以前曾是位用滚钓捕鱼的高手。他告诉我,最多时一个下午就能捕到五六条,而且鱼越大越能捕到呢。

捕了这么多鲤鱼,一下子又吃不完,于是,他们便拿到村口去卖。但鱼大一家人也吃不了,卖鱼的便把这些鲤鱼剖开,一块一块地叫卖。村民们便你一块他一块前去选买,或清蒸,或红烧,或醋熘,做成美味佳肴。因为鱼儿是刚从河里捕获的,味道特别鲜美。

如今,因过度捕捞,河里的鱼虾已没有过去那么多了,人们餐桌上的鱼虾因大都是人工养殖的,味道也没有河里野生的鲜美了。那些掏捻船和敲棒槌头鱼的也都已慢慢绝迹了,而扳罾和滚钓捕鱼也很少有人知道了。只有耙螺蛳船还偶有看到，但他们耙来的螺蛳也买不到了，一般都卖给了商贩。人们要吃酱爆笃螺蛳，只能到农贸市场去买，价格更是贵得离谱。不知何故，虽同样是在河中耙取，但口味却远没儿时那么鲜美了。

垂钓乐

——趣忆绍兴特有的钓鱼绝技

绍兴是著名的水乡，绍兴的母亲河鉴湖，水质清澈甘甜，盛产鱼虾，造就了许多具有绍兴特色的捕鱼捉虾绝技。

一、春钓昂刺

春天，天气渐渐转暖，万物复苏，百花齐放，鱼儿也纷纷从水底洞穴中出来觅食，这正是垂钓的极佳时节。钓鱼，既是一种乐趣，又能考验人的耐性，还是一项修身养性的健身运动。况且，我们绍兴的垂钓方法又与别的地方大为不同，值得介绍一番。

我自小就喜垂钓，这不仅是为能品尝鱼的鲜美，更是为了体味其中之乐趣。

在我们家乡有句俗话："春钓昂刺，夏钓杭尚。"就是说春暖花开之际，昂刺常大批出来觅食，这时最宜垂钓了，而杭尚鱼则要到夏季才会最多。昂刺学名叫黄颡，它全身黄中带黑，长约二十厘米，头扁嘴大，身子油滑无磷，形似鲶鱼，但比鲶鱼小，背上和两侧各生有一根一寸来长的尖尖硬刺。它的样子虽然怪异，但肉质细腻鲜美，营养丰富，颇受人们青睐。儿时，我便常在春日去河边垂钓。

钓昂刺的渔具十分简单，一根拇指粗细、三米多长的竹竿，一根玻璃丝线，再取一截铜丝用锉刀锉尖后，制成一个"U"形鱼钩即可。诱饵可用蚯蚓，也可用小虾。当你选定一个水深处，串上诱饵，甩线垂入水中，并不时地轻轻拉动串在钩上的饵，使鱼容易发现。那昂刺生性贪食，当它发现诱饵，大嘴巴立即一口咬住。昂刺因嘴巴特大，咬住鱼饵时并不立即逃走，如果垂钓者稍微粗心，便很难察觉。但它却又十分嘴馋，咬住饵后便死死不放，往上拉动时才发觉钓竿沉甸甸的，原来鱼已上钩。这时，你只需快速往上一提，便已手到擒来。同时，也就在你的鱼竿往上提时，便会感觉到（只是从手中，不是从耳中）昂刺发出的"咕咕咕"的叫声，令人有一种说不出的愉悦感，那可远比吃鱼的滋味要好得多了，既有成功的愉悦，还有一种难以言表的享受。

这昂刺素喜集体活动，当你钓到一条，便能连续不断地钓到好几条。于是，不消半天时间，便能钓到一二十条。这时，你便可带着满足的心情载"鱼"而归了。

春末夏初之时，天气渐渐热起来了。傍晚，吃过晚饭的人们，便拿条小凳子或小竹椅，走出台门去河边乘凉，谈天说地，很是热闹。我们小孩子便趁夜色放起夜钓，钓起昂刺来。

因这时已是傍晚，又在家门口的小河里，这钓竿又与白天用的略为不同。先准备一根二米左右长的小竹竿，找一根丝线，再找一根鹅毛（那时很多人家都养鹅，找根鹅毛非常方便），然后剪几截一寸来长带有羽毛的鹅毛管，穿在钓线上作为蒲子（浮标），再去村口小店里买几只夜钓扎钩。这种鱼钩与白天钓鱼时的鱼钩也不同，较小，但很锋利，钩尖还有倒刺，昂刺吃下鱼饵后再难吐出来了。因这种鱼钩专门在夜间使用，故称为夜钓扎钩。

钓竿做好后，吃过晚饭，便可在河边踏道旁钓昂刺了。先在钩子上穿好蚯蚓或小虾，把鱼钩放入水中，再把钓竿在河岸石墈缝中一插，静等鱼儿上钩。踏道白天人们淘米洗菜，常有米粒、菜屑等落入河底，鱼儿便趁夜色前来觅食，这里下钩最适宜了。于是，我们边听大人讲故事，边看着水中的浮标，见浮标动了，知道有昂刺上钩了，这时还不能拉钓竿，因为这是鱼儿在试探，你得有耐心。等几个浮标一下子都沉入了水中，就可迅速把钓竿甩拉起来，昂刺便"咕咕咕"地叫着，被我们钓上岸来。如果运气好，一个傍晚能钓五六条呢。

二、夏钓杭尚

杭尚，即杭尚鱼。长约二十厘米，因嘴大而又向上翘，故又称翘嘴，或翘嘴杭尚。这鱼一般生活在深水处，喜食小鱼小虾，故常聚在河面养殖有水罗汉豆（四十多年绍兴用来喂猪、农田作沤肥的一种水草）或水红菱荡下面的深水处。

夏秋时节，正是虾的繁殖季节，杭尚鱼便成群结队出来觅食。这时，便是钓杭尚鱼的最佳时节。

钓具最简单了，一根竹竿（钓竿）、一根丝线、一个鱼钩即成。除了玻璃丝线需去小店买来，钓竿、鱼钩都可就地取材。钓鱼竿用大拇指粗细的小杠竹，可在邻居家竹园里砍，削去枝丫即可。鱼钩也是自己制作，与前面钓昂刺鱼用的鱼钩大小形状都一样，但需用白铜丝，而不能用黄铜丝。因杭尚鱼不但成群结队出来，而且较为粗心，鱼多时便争相追食，见白色鱼钩以为也是虾，便也会一口咬住，倒省了一点儿诱饵。当然，这要看情况，刚开始垂钓时，钩子上一定要穿上虾，鱼才会来吃，等鱼多了众鱼争抢时才能用空钩来以假乱真。

你可以在岸边找一块养殖水罗汉豆的地方，先用竹竿把水罗汉豆搅出一个洞，再用竹竿搅弄几下，把在水草中觅食的小虾小鱼都搅得在水中游来游去。杭尚鱼发觉水里有许多小虾游动，便争相前来追食。这时，你便可把虾穿到鱼钩上，并放进刚刚搅开的那个洞中，不停在把钩子拉上、放下。杭尚鱼见到穿着虾的钩子，在那里一上一下地游动，以为又是一只大虾，便一口咬住。这时，你便会感觉到手中的钓竿"突"地一下，知道鱼已上钩，便迅速向上一甩。鱼咬钩后从手中感觉到向上一甩这一连串动作，是一气呵成的，需既迅速又敏捷，才能把鱼钓上来。稍慢一点儿，便会虾去钩空。这个技巧需无数次的实践才能掌握，否则，是很难钓到鱼的。接着，你把钓上来的鱼从钩子上取下，再在钩上穿好虾，继续把钩放到水中，等下一条鱼再来吞食，你再迅速一甩，又把鱼钓起来。这样，你往往能连续钓上好几条。这个过程是一种享受。你可知道，杭尚鱼味道虽然非常鲜美，但把鱼钓起来的过程，远比吃鱼的味道要好得多呢。

如果你有一只小划船，还可到养殖水红菱的菱荡里去钓，那里鱼更多，不但能钓到杭尚鱼，还能钓到白粲、驼肩呢。这三种鱼外形差不多，不知道的人往往以为是同一种鱼呢。其实不然，驼肩比杭尚鱼大得多，因这种鱼背部又宽又厚，像个驼背，故称其为驼肩（也有叫虾肩的）。而白粲又比驼肩更大，大的有一二斤重，甚至更大。我也曾钓到过不少驼肩和白粲。一次，我还钓到过一条近三斤重的大白粲呢。只是，你若划小船钓鱼，虽能钓到更多鱼，但难度却更大。比如鱼咬钩后，你往上甩时，得掌握好力度，如果用力过大，往往鱼从这边钓起，又会飞越过小船，在那边掉到水里，空欢喜一场。因此，得多次琢磨和实践，才能掌握这门绝技。

第二章 往事如烟

你知道怎么用双竿钓杭尚鱼吗？那可真是令人叫绝。我曾亲眼见过一次。

但见那人找一处河面较宽的水面，岸边养殖有水罗汉豆或水红菱。先把双脚垂到水中，不停搅动水面。然后，把养在船后舱里的小虾（这种小虾是用盘箩在水罗汉豆下面兜来的）舀到河里。接下来便可开始钓鱼了。这时，鱼儿听到水的响动声，又闻到虾的香味便都纷纷游来抢食。但见那位高手右手呈"V"字捏着两根钓鱼竿，同时把两根第一次钩上穿有小虾，放入水中。钓线刚放入水中不久，便往上一甩，只见两条闪着银白色鳞光的杭尚鱼便已被钓了上来，准确地落进船舱中。接着，他把钓竿空甩一下，没在钩上穿虾，直接又把钓线放入水中。右手继续一拉一放，很快又往上一甩，又是两条鱼落进船舱。这样不停地拉起放下，有时一条，有时两条，不久，船舱中便游满了银白色的杭尚鱼。真的令人瞠目结舌，啧啧称奇。后来我才知道，用这种方法钓鱼，叫"呼水（读四）钓"。

用双钩双竿钓鱼的绝活很少有人会，我也曾想学，毕竟难度太高了，要知道，往上甩钓竿时，如果稍有不慎，那两根钓线与鱼钩便会缠在一起，要想把它们分开就需很多时间。还有一个更难的，不但手劲要大，能单手捏住两根钓竿，这可不是每个人都能捏得住的；而且，必须有丰富的经验，知道哪里鱼多，否则，即使能用双竿，也钓不到鱼。我们附近几个村子那些专业钓鱼者，也很少能用双竿钓鱼。

钓杭尚鱼还有一个特点，每当雷阵雨过后，这鱼儿会特别多。这时，如果你去钓鱼，往往收获颇丰。不但有杭尚鱼，还有驼肩、白粲。雷雨过后，常常能听到河里发出阵阵"啪、啪"的声音，这

107

是白鲦在追逐吞食小鱼小虾时发出的声音。因此，雷雨过后，我便会向邻居借条小船出去钓鱼，总能满载而归。钓的有杭尚鱼，有驼肩，还有白鲦。钓一条鲦能顶十几条杭尚鱼呢，而且味道更鲜美。

三、钓䲠鱼、打鳖、钓乌鱼

夏秋时节，最多的是䲠鱼（一种长约十厘米的柳叶型小鱼），这与前面所说的白鲦，虽都有个"鲦"字，但大小相差十倍乃至几十倍。

䲠鱼虽小，但很多，特别在村中小河里更多。于是，每到夏秋，小孩子便常常以钓䲠鱼为乐。

先准备一根竹竿作为钓竿，再用缝衣针弯成一个鱼钩。䲠鱼不但鱼小，嘴也很小，因此，店里买不到钓䲠鱼的钩子，只能自制。找一枚小号缝衣针、两把老虎钳或尼线夹子，其中一把钳子夹住缝衣针，放到蜡烛火上烧，等缝衣针烧红后，再用另一把钳子夹住缝衣针尖端，趁热把它弯成一个小钩子。冷却后再找一根线，线的一端穿到针眼中打结缚住，线的另一端缚到竹梢就成了。

钓䲠鱼的诱饵，可用饭粒，也可用苍蝇，但最好用苍蝇。把它穿在钩子上后，把线甩到河中，这苍蝇便会浮在水面（因缝衣针做的钩很轻），䲠鱼很快发现，过去一口吞下，你便可把竿一甩，䲠鱼便到你手中了。不需多少工夫，便能钓到十几条，你的晚餐便能吃到鲜美的鱼儿了，在那时也算得上美味佳肴了。

另一种钓的是鳖，即甲鱼。捉鳖不但可以钓，还可以打，两种方法各有千秋。钓鳖没有什么大的技术含量，只要找几枚小号缝衣针、几根玻璃丝线，线的一端缚在针的中间。再去买点猪肝，切成半根手指大小，把缝衣针穿到猪肝里，另一端缚在一截高粱秆（可从破笤帚上取得）上，把它放到养有水罗汉豆的河中，半天后再去

第二章 往事如烟

收钓,往往能有甲鱼上钩。

打鳖则是一种绝活,打鳖者先准备一颗铅弹、三个鱼钩,把三个鱼钩呈三等分扎成一个微型锚。然后,把鱼钩与铅弹缚在一起,铅弹是为了让钩子增加重量,使钩抛得更远更准。再找一根细绳,缚在这个特殊的锚钩上。这根线既要分量轻又要牢固,还要长一点儿,一般用尼龙线最好。

一切都准备好后,就可出去打鳖了。沿河岸一路找去,见有鳖在水面露头,便可把这个加有铅弹的锚钩对准鳖掷出去,然后迅速一拉,使钩子钩住鳖,便可手到擒来。

这话说起来好像很简单,但做起来却并不容易,特别是掷出去的钩既要快又要准。稍慢会被甲鱼发现,锚钩还没抛到,它就已钻入水中跑了;掷得不准,那等于白费力气。

我的一位亲戚曾是打鳖高手,每次出去都有收获,很少空手而回。他告诉我,打鳖需晴天略有微风最好。晴天能见度好,容易找到它;有微风,就有小浪,它就不会发现你。因为鳖是很狡猾的,它一发现有人,便会迅速钻入水中。当然,除了这些秘密,还得掌握它出没的水域,否则,你去了也白搭。

还有一种钓鱼绝技,便是钓乌鱼,我们都叫乌鳢鱼。平时,是很难钓到乌鱼的,只有在春末夏初,乌鱼产卵孵出小鱼后,才能钓到它。

乌鱼产的卵往往一窝有数十条乃至上百条。小乌鱼喜欢聚在一起,很像一群小蝌蚪。但蝌蚪是黑色的而且身圆,而小乌鱼身略长又是黄色的,或黄黑色的,故我们那里都把它叫作"黄"。当人们发现水中有一窝黄在游动,便知这附近有乌鱼了。

乌鱼虽生性凶猛,却最有父爱和母爱了。每当这些小乌鱼诞生

109

后，为避免被别的鱼吃掉，小乌鱼的父母便一直守在旁边。人们便趁这个机会去钓或捉。

钓乌鱼的钓竿应选粗一点儿的竹子，因乌鱼都较大，每条有二三斤重，力气又大，如果钓竿太细会折断的，钓线也应粗一点儿，至于鱼钩与钓杭尚鱼的差不多。钓乌鱼的诱饵，可用大虾（我们叫老湖太），或泥鳅，但需用活的。把鱼钩穿到大虾或泥鳅的近尾巴处，这样，不但对诱饵伤害较小，放入水后仍能游来游去。然后，把诱饵放到黄的旁边，它们便挣扎游动起来。这时，小乌鱼的父母看到后，以为要来吃它们的孩子，便迅速游过去追击，一口吞下，便被人们稳稳钓住了。不过，也得与大乌鱼好好搏斗一番。因这乌鱼力气特别大，会用力挣扎。这时，垂钓者得有耐心，只管抓住钓竿，任鱼挣扎游动，等到挣扎得没力气了，便可慢慢把鱼拉到岸边，再用鱼兜（用毛竹片弯成圆形再绷上网的一种渔具）便轻而易举地捉住了。

捉住了一条鱼妈，那还有另一条鱼爸。这时，如果再用鱼饵去钓，乌鱼不会再轻易上钩了。你便得另换一种方法，用鱼枪去戳。因为乌鱼虽生活在水里，但时间长了，憋在水底就会闷得慌，得浮出水面来透气，人们便会趁机用鱼枪把它戳住。每当鱼妈鱼爸被人们捉住后，那些小鱼苗没了父母的保护，很快会被别的鱼吃掉，只留下一小部分成活长大。

如今，这些钓鱼的独特方法已很少有人知道了。我们看到的多是那些十分豪华考究的鱼竿，用不锈钢制成，还能自由伸缩，一根鱼竿就得上百元，乃至数百元。可垂钓大半天，也只钓到几条小粲鱼。这虽与河中鱼已没以前多有关，但更主要的是，许多人不知我们绍兴的那些独特钓鱼方法了。如今钓鱼，只知道渔具考究，却从不去探究垂钓方法,倒是锻炼了静坐的功夫。哪像我们以前,每当把鱼钩放入水中,就需凝神聚气,随时注意手中钓竿,不能稍有懈怠。

前段时间,我遇到几位以前一同钓鱼的老友,他们仍用着绍兴独有的方法垂钓,倒也能钓到一些杭尚鱼、驮肩、白粲,只是少一点儿。只是年轻人不懂钓鱼方法,也不屑用自制的竹钓竿,嫌太土,可钓鱼毕竟是为了能钓到鱼,而不是为了装装样子,摆摆阔气。要知道,能钓到鱼,才是正道呀。

岁月悠悠埠船情

前段时间，本地的几家报纸上都刊载了这样一则消息，在绍兴市区包括柯桥、上虞正在热火朝天地兴建地铁，绍兴很快也要有地铁了。虽然这消息前两年早已公布，但心中仍是激动不已，我不由得回想起童年时代的交通工具。

那时，我们出门的交通工具大都是埠船。虽然埠船在家门口就可乘坐，十分方便，但是一般只有两支橹，由两个人摇，速度实在太慢了。从我们村里到柯桥镇上，短短不到十里的路程，单程就需花一个多小时；如果要去绍兴城里，那花费的时间就更长了，往往需要三四个小时。还有一种长途的埠船，又称为航船，乘坐的时间就更长了。虽设有三支橹，由三至四个人轮流替换使劲摇，到萧山西兴竟也需一天一夜，到杭州就需更长的时间，真是慢得像乌龟在爬行。

小时候，我也经常乘坐埠船。埠船长约八米，宽约一米五六，船的外面涂有黑色桐油，以防河水侵蚀；内层涂有赭红色桐油，增添船的美观；船底铺有一层木板，既平展又能防潮。船的左右两边各铺设两排木板，算作乘客座位。一般每边可坐十几位乘客，有时乘客特别多，就得多挤坐几个人。船的上面放有五扇竹编的船篷，竹篷是双层的，夹层放上竹箬壳防水。外面再涂上一层黑色桐油，既能防腐又能防水。船篷前后四扇一般是固定的，中间那扇是活动的，可左右移动，有客人上下船时把篷移开，以便上船或下船。如果天气晴朗，大家也可把竹篷移开，观看两岸景色以解途中乏味。下雨时再把篷移过来盖上，不让雨水淋湿。

那时，从我们村里经过的有三班（只）去绍兴的埠船。一班从秋湖出发，叫秋湖埠船，船主我们叫他船头脑。还有两班分别是州山埠船和型塘埠船。村里人一般都喜坐秋湖埠船。因为型塘、州山离我们村路较远，埠船到我们村子时，已乘坐了不少乘客，再坐进去显得有点挤了。秋湖埠船一路过来只经过彤山一个村子，人不多，还有许多座位；再则，大家都与船头脑熟悉了。邻村海山有一班去柯桥镇上的，一路经堰西、丁巷、梅墅，到柯桥镇上需一个多小时。那些埠船每到一个村子便会用一面小铜锣敲打一阵子，用铜锣声告诉人们埠船来了，快去乘坐。因为每只埠船的铜锣大小不同，发出的声音也不相同，人们便能从小铜锣发出的声音来判断是哪只埠船来了，再选择是否乘坐。

早上，我们早早地起来坐埠船出发，一路上，乘客们评古论今、谈天说地，有谈天气收成的，也有谈奇闻轶事的，这样说说笑笑的，倒也不觉寂寞。有时，乘船的人较少，便一路听着船头激起浪花时的潺潺水声，观赏沿途两岸的景色，或拿本书来看看，以解旅途无聊。这样一路过去停停歇歇，等到了绍兴城里，已经是九点多近十点钟了。匆匆上岸去大街上转一圈，办好事情或买好东西回来，已是中午十二点多近一点钟了，埠船便又要拔篙开船回来了。一路上埠船又是停停歇歇，回到家里已是下午四五点钟了。每次去一趟绍兴城就得花费整整一天时间，在城里还不能尽兴游逛，即使你口袋里有几个钱，中午想痛快地去饭店吃一顿也没有机会，况且你也舍不得花钱上饭店呀。中午只能去点心店花上五分钱买一个烧饼、一根油条打发过去。如果时间还充裕的话，去荣禄春饭店，花上一毛钱吃一碗阳春面，那可算是十分奢侈的了。

后来，我们乡下开通了从萧山到绍兴的轮船，就方便多了，不但船大座位宽敞，而且行驶速度快，只需一个多小时就能到绍兴，但得步行二里多路到弥陀的运河岸边去乘坐。这样在绍兴城里游览的时间也长了，如果舍得花钱，便可以约几个好友一起去荣禄春、望江楼或阆湘馆这些大饭店撮一顿。但回到家也要下午三点左右，也得花上大半天时间。

如今，交通建设突飞猛进，随着一条条公路建成开通，城市和农村的距离一下子拉近了。人们出门再也不用坐埠船了，只要坐上公共汽车，三四十分钟就到绍兴城里了，买好东西再乘车回来，只需花半天时间，大大方便了人们的出行。

前两年，我们这里还开通了城际公交车，到杭州不但一天可以打个来回，甚至大半天时间就能办好事回到家了，比我小时候去一趟绍兴还要方便。

现在，绍兴也要建造地铁了，与杭州相接，柯桥的笛扬路、瓜渚湖、镜水路、高铁北站等处都要设置地铁站点。到那时，我们在柯桥城里也能乘坐地铁了。

埠船作为交通工具的时代一去不复返了，只留下了一个美好的记忆，因为记忆有时比现实更加美好。

童年的纸鸢

"二月春风似剪刀。"早春二月,和煦的春风不但把千条万缕的柳枝裁剪出了许多细细的、嫩绿色的柳叶,也把孩子们从家里、学校里吹到了田野上、空旷处,兴高采烈地放起了风筝。这不禁让我想起了清代诗人高鼎的那首《村居》:"草长莺飞二月天,拂堤杨柳醉春烟。儿童散学归来早,忙趁东风放纸鸢。"

看着孩子们蹦蹦跳跳的高兴劲儿,儿时与伙伴们一起放风筝的情景也不由得萦回在眼前。

那时,我们放的风筝都是自己动手做的,削几根竹篾,用线扎成各种形状,最简单的是扎成田字形,四四方方如一块瓦片,我们叫它瓦片鸢。再复杂一些的扎成一件衣服的样子,就是衣裳鸢。还有更难扎的,如蝴蝶形状的叫蝴蝶鸢,蜈蚣形状的叫蜈蚣鸢。这种风筝扎起来难度最大,时间也花得最多,一般要用很多竹篾,两三天时间才能扎成。扎成后,还要糊上一张纸,这种纸不能太厚,太厚会增加风筝自身重量,难往上飞。因此,要用比较轻薄的又有韧度的纸,如桃花纸。这种纸又薄又轻又韧,最合适做风筝了。

我们扎的风筝,大多是衣裳鸢,因为瓦片鸢虽简单易做,但形状难看,而蝴蝶鸢、蜈蚣鸢又太复杂难做了,花的时间也多,我们也都不愿意扎。

衣裳鸢的制作虽然比较简单，却十分讲究，风筝的左右两部分必须扎得同样大小，否则还没放上去就会翻跟斗，就不能飞得很高，因此制作时须十分仔细认真。用竹篾扎好风筝的形状后，再贴上一层薄薄的白纸，并系上三根线，三根线成三等分，左右各一根，下面一根。左右距离长短也须一样，下面一根线应略比上面两根稍长一点儿，这样风筝才能飞得高。

风筝制作好后，还得在尾部挂一根草绳，我们叫鸢尾巴，起稳定风筝的作用。长短粗细须根据风力的大小来定，太长太重，风筝就飞不上去；太细太轻，风筝就会翻跟斗，即使飞上去了也会掉下来。

那时，我们放学后的第一件事就是拿着自己扎的风筝去田野上放飞，比谁的放得最高，每每我的风筝都放得最高，这里其实还有一个窍门，就是不但风筝要扎得好，风筝的线也十分讲究。这线既不能太粗，太粗了，线一长就会增加风筝的重量；但又不能太细，太细容易断。我的风筝线是用细麻绳制作的，又细又牢，不会断，是我妈特地上城去给我买来的。因此，我放的风筝总是比别人放的高。看着伙伴们羡慕的目光，心里的那个高兴劲儿甭说了。

记得我读四年级时，班主任要我们每人扎一个风筝，看谁扎得最好，飞得最高，还要评名次呢。

我们都想扎一个最好的风筝，争取获得第一名，我也憋了很大的劲，可我只会扎衣裳鸢，怎么办？我就扎了个很大的衣裳鸢，衣袖两边还各粘贴了三条用彩色纸做的长长的飘带，风筝上还画了几朵红色的梅花，就像一件华丽的大衣。看着这么漂亮的风筝，我心里美滋滋的，心想这次一定要拿第一名。

谁知，比赛那天，班长王水方竟扎了个蝴蝶风筝，这下子把同学们都吸引过去了。我知道他家屋后有个竹园，他父亲是个竹匠。哼，肯定是他父亲帮他削了竹篾，帮他扎的。看他那美滋滋的样子，真快把我气死了。

我虽有点泄气，可还是不服气，心中暗暗道："别臭美了，还是看谁的飞得高吧。"

这次比赛，我多准备了一团风筝线，结果正如我所料，我的风筝飞得最高。望着那飞得高高的风筝，变得只有很小的一点儿了，我心里十分得意。最后，我们俩并列第一名。

如今，看着孩子们手里捧着买来的一个个纸鸢（其实已不是真正的纸鸢了，都是用彩色塑料薄膜做的），蹦蹦跳跳地放飞。要么飞不上去，即使飞上去了，也没有像我们儿时自己制作的飞得那么高，心里有一种说不出的味道。现在的孩子只有放飞的乐趣，却没有自己制作成功的乐趣。要知道，用自己制作的风筝放飞上高空的乐趣，才是最大的乐趣。

兰　趣

大凡养花者，均喜栽几盆兰花，少者一两盆，多者三五盆。因其清新脱俗，质朴幽雅，且又极富生命力。

说起栽兰，还有几段趣事呢。

记得那年夏天，正逢流行性感冒肆虐，我带领学生上山采中草药。攀登间，忽然闻到远远飘来一股幽香，淡淡的，沁人心脾，令人精神大振。

我便循着幽香一路觅去。忽然在一岩石旁，见有一丛长条形叶子，中间开着几枚淡绿色花朵。学生告诉我，这叫兰花，每年春天开花，清香宜人。我如获至宝，便小心地把这丛兰花挖起，带回陋室，找了只破瓷盆栽上。顿时，满室飘香，枯燥日子一下子变得富有情趣了。

改革开放后，人们对养花栽草渐渐热心起来。我也在屋前的天井里种起了花草，有杜鹃、石榴，有海棠、茶花，还有月季、菊花等，但最多的要数兰花了。所栽的兰花品种繁多，有草兰、九节兰、君子兰、木兰等，但养得最多的当数草兰（就是我当年山上所挖的那种）。君子兰太过娇贵，喜阳光而怕曝晒，喜潮湿而又怕烂根，很难侍弄；九节兰又华而不实……唯草兰最易侍弄，冬天不怕霜雪，夏天又不怕烈日，生命力极强。若室中放置一盆，清香扑鼻，令人心旷神怡，别有一番趣味。

一年夏天，我去南京旅游，临走时，忘了向妻女交代浇花之事。一周后，我旅游归来，第一件事便是立即去天井，发现那几盆花竟生机勃勃，一点儿都没被晒死。原来是女儿每天都在给花浇水。欣喜之余，忽然发现一盆放在墙角的草兰，因被一盆杜鹃遮住了视线，女儿没有发现，叶子已被晒得干枯。当时我心疼了好一阵子，可又有什么办法呢？只得忍痛把这盆已干枯的兰花搁在墙角。后来，不知又被谁在上面堆满了草屑……

第二年春天，我又去山上挖了丛草兰，准备栽在已枯萎的兰花盆中。当我从草屑中找出盆子时，竟发现原来那株枯萎的兰花已长出嫩嫩的、尖尖的绿叶，根部还有两个小花芽。当时，我惊喜的程度不亚于得了件稀世珍宝。想不到这小小花草，竟有如此顽强的生命力，顿使我生出一股敬佩之情。从此，我更爱兰花了。

退休后，我有更多时间侍弄花草了，便栽养了不少兰花，或送亲友，或自己欣赏。兰花，使我的生活充满了无限情趣，她那顽强不屈的精神，也激励我克服了一个个困难，勇往直前！

师生教坛话沧桑

前几天，一位老人来我家做客。

这位老人既是我读高小时期的数学老师，又是我步入教坛后的同事。我们平时无论教学、时事，还是生活琐事，从来都是无话不谈。因而她既是我的老师，又是我在教学工作中的导师，更是我的一位忘年交。

老师退休后，仍与我保持联系，还不时来我家坐坐，并常从我处借几本书去，说是一来可消磨消磨时间，二来可继续补充一下自己的知识。我为老人这种活到老学到老的精神深深感动，便常会笑着说："老师，你年纪这么大了还如此好学，真是我们晚辈的楷模呀。"老人也总是笑笑说："哪里哪里，学无止境嘛。"后来，老人搬到县城去了，到我家就来得少了，只能通过电话了解彼此状况。不过，每年春节我都要去拜访老人，老人也总要来我家回访。

老人虽已是耄耋之年，满头银丝，可精神仍是那么矍铄，笑声仍是那么爽朗，交流仍是那么健谈。看到她鹤发童颜、神采奕奕的状态，我甚至觉得她是不是返老还童了。

一番寒暄后，我把老人迎进家中，并给她泡上一杯香茗，女儿也忙拿来几碟水果、瓜子招待，于是，师生俩便边吃边闲聊起来。

老人丈夫早已去世,女儿也已出嫁,外孙女已经参加工作,有空便常常来看望外婆,还不时买点东西来孝敬老人;儿子媳妇又都很孝顺,孙子也参加了工作,因此,她生活无忧,本来性格就很开朗的她,如今更显得健谈。我俩天南海北地闲扯着,从生活琐事谈到国家大事。聊着聊着,她忽然问我:"现在你的退休工资有多少一月?"当我告诉她后,她不由得感慨地说:"是呀,如今你的退休工资,已抵得上两三个打工者的工资,想当年,我们教师哪能与你现在相比呀。"接着,她便滔滔不绝地向我讲起了当年刚步入教坛时的情况。

老人说,她刚当教师时,正是20世纪50年代末期,老师的待遇比普通的工人还要差很多,只能勉强应付生活开支。说到这里,她还特别强调,这还是在那些经济比较好的地方。在一些贫困山区,教师常常连工资也拿不到。这些教师的生活更是十分艰难,只能靠学生家长拿来的柴米油盐过日子。还有些地方,老师是在学生家中轮流吃饭,更别说养家糊口和拿退休金了。

说到这里,老人又回忆起她小学时的一位启蒙老师,就曾经在山区教过书。那时新中国刚建立,一切百废待兴,那位老师就是在学生家中轮流吃饭的。因为无钱娶妻生子,这位老师始终孤身一人,孑然一身。

"如今,可大不相同了。"老人激动地说,"党和政府对教育事业越来越重视,教师的待遇也越来越高,退休教师的晚年可以说是高枕无忧了。"

听了老人的这番话,我也十分动情地点点头说道:"是呀,在这改革开放的三十余年中,我们教师的工资可以说是突飞猛进啊。记得20世纪80年代,我们教师的月工资每月从只有几十元增加到

100元左右，当时大家都兴奋得不得了，因为这已接近一个工程师的收入了。有人便风趣地说，我们也是工程师呀，人类灵魂工程师。可如今，教师的收入足足翻了数十倍，这在当时是做梦也想不到的呀。"

老人也笑着说："是呀，难怪邻居常常会羡慕地说，你们的退休工资比我们在工厂两个人的工资还高呀。我就会笑笑说，是呀，我们这是托共产党的福，托人民政府的福呀。"

听了老人的这番话，我略带不平地对老人说："老师，有一点我很替你们这老一辈感到不平，你们退休比我们早，对教育的贡献比我们大，可您的退休工资竟不如我们这些晚辈。"老人便笑笑说："怎能这样比呢，我们应同过去比嘛，我们同以前相比已是天差地远了。不是有句话叫知足常乐嘛。"

知足常乐。是呀，这时我才恍然大悟，难怪老人已过耄耋之年竟还这么健朗，那是党的好政策，是老人的好心态，使她越活越年轻呀。

清明怀旧

"正月灯，二月鹞，三月上坟船里看姣姣。"这是流行在绍兴反映水乡风俗的一句童谣。

孩提时，每到清明节前后，在我们村前的那条小河里，来来往往的都是前去上坟祭祖的大小船只。那时，上坟一般都是全家去的，特别是平常很少出门的大姑娘、小媳妇也都能出去踏青，因此，一个个打扮得漂漂亮亮的，故有"上坟船里看姣姣"之说。这姣姣指的就是长得漂亮的年轻女子。

记得每到这段时间，我们小孩子更是特别兴奋，因为可以趁此机会去野外、去山上痛痛快快地玩一玩了。那时，我家的祖坟安葬在州山项里村的一座山上，每年清明前后，父母便带着全家去扫墓祭祖。

出发前一天，就早早准备好了祭祖用的酒菜，母亲还专门抽时间去野外采来黄花菇（一种野菜）和艾，然后拌和一些米粉制成黄花菇糕和艾饺。第二天，把这些酒菜等祭品装入两只特制的大篮子（这是一种用竹篾编制而成的圆形平底的盒子，有好几层，每层可放四碗到五碗饭菜，然后一层层叠起来，上面还有一个盖，以防灰尘进入。最下面一层还有一个长长的竹环，可以用扁担挑，也可以用手提。因这种篮子形似一个盒子,故称"盒子篮",又因专做上坟时盛饭菜之用,故又称"上坟篮")里,然后雇一叶小船,前去项里村的山上扫墓上坟。

一路上,但见两岸垂柳轻拂,船头水花飞溅。那声声欸乃,更是令人遐思神往。不一会儿,便到了目的地。船刚一靠岸,我便和妹妹欢叫一声,跳上岸,直向山上奔去。

我家祖坟埋得并不高,还不到半山腰,可我们兄妹俩已是跑得气喘吁吁,嘴里却还哈哈直乐。这时,放眼四望,树木茂盛苍翠,郁郁葱葱;野草碧绿起伏,繁花点点。最令人兴奋的,要数那漫山遍野盛开的映山红了,似一簇簇闪烁的火焰。

我和妹妹的心早已飞向那些红艳艳的映山红了,迫不及待地又要往山上跑,恨不得一下子把这些花都采下来,可父母却不让我们任意胡来。他们先把祭品放到墓碑前的石桌上,点上香烛,并让我们恭恭敬敬地拜过祖宗,敬过酒,焚过纸钱,这才带我们在山上尽情玩耍。不一会儿,我们每人就各采了满满一大捧映山红,把我们的笑脸也都映得红彤彤的。如今回想起来,恰似还在眼前呢。

书中寻梦

我对书有一种特殊的感情。

书，是我的挚友，是我的第二个老师，更是我在书中寻梦的世外桃源。

1962年，我初中毕业后，因为生计出外打工。当时，又因我工作的特殊性需要经常调动，有时一年要换三四个地方，每当我来到一个地方，第一件事便是找到这个单位的图书馆，先与图书管理员搞好关系，以便能借书阅读。几年下来，我一边干活，一边读书，几乎把当时出版的一些热门书籍，如《钢铁是怎样炼成的》《林海雪原》《青春之歌》等中外名著都读了个遍。我从书中寻求欢乐，汲取知识，吮吸养料。可以这样说，我在工作之余从书籍中汲取的知识，使我又迈入了社会这个大学校。这里既有实践知识，又有大量的文化知识，书已与我结下了不解之缘。

那时，我对书确实有一种特殊的感情，看到好书，我一定要想方设法去借来一睹为快。有时，在街上看到别人手里有一本自己没看过的书，眼中就会冒出火来，恨不得抢过来。那时，我最大的梦想便是当一名图书管理员，或是做一名新华书店的营业员，这样我便能每天看我喜爱的书了，能在书海中自由地游弋了。

"文化大革命"开始后,我只得回到自己的家乡,插队务农,那几年是令我最难熬的。没有了书读的日子,就好似对生活失去了希望。说来可笑,这十年中我只读了四本书,《苦菜花》《聊斋志异》和《萤窗异草》,还有一本《毛主席语录》。这四本书我不知道读了多少遍,使我受益匪浅。特别是两本文言文小说,提升了我对古代文学的阅读理解能力。

1971年,我被推荐到本地的柯岩中心小学教书,后因教学成绩较为突出,于1978年又调入柯岩中学任教。当时,经济渐渐复苏,套在文学身上的桎梏也已打开,我又能读那心爱的书了。于是,我就又不停地借书、买书、读书,在书中寻找我的梦想。

在教学实践中,我把书中吸取的知识毫无保留地传授给学生,使学生能从中获益。我任教的那几个班级,学生的语文成绩都名列前茅。同时,我还辅导学生写作,并把那些写得较好的学生习作寄到报社、杂志社去发表,这既鼓舞了学生的写作兴趣,也激发了我自己写作的信心。于是,我便又开始在书中寻找我的写作梦了。

不久,我的小说、散文在报刊上发表了,还得到了同事和领导的称赞,我的信心更足了。开始,我只是在本市的一些报纸、杂志上发表作品,后来又试着向省外的一些报刊投稿,《短篇小说》《小小说月报》《小小说选刊》《微型小说选刊》《新民晚报》《杂文报》等都发表了我的作品。2005年,我的第一本小小说作品集《长在树上的鱼》也终于出版,我的写作梦终于成为现实。这一切可都是书的功劳呀。

是书,使我这个只有初中学历的下里巴人,自学完成了大专课程,成为一名合格的中学教师;又是书,使我一步步地迈上了文学创作这条崎岖之路。

退休后，我有更多的时间读书了，我要把浪费的时间补上。每次上街，我总是不忘买几本书回来，吃的东西可以不买，用的东西可以过几天再买，书却不能不买。于是，家中的书渐渐越积越多，虽谈不上汗牛充栋，可也塞满了我那两个高大的书柜。如今，我每天不看两小时以上的书，就好像还有什么事没做似的。读书，已成了我的人生道路上的必修课。书给了我美好的梦想，有梦想，才会有希望；有希望，生活才会变得更有意义。

虾 趣

我们村子就在鉴湖岸边,鉴湖的一条支流从村子中间穿过,向东北方向潺潺流去。记得孩提时,小河水质特别清澈,河中的鱼虾也很多,村民们便常常在那里捕鱼摸虾,为餐桌增添一道美味佳肴。

每到初夏,天气渐渐转暖,麦子也将成熟,躲在小河两岸石坺洞中的虾儿便都纷纷爬到洞外,栖息在河岸近水面处,这正是钓麦头虾的最好时节。

记得在年少时期,我常与伙伴们一道去河岸边钓虾。

钓虾的工具十分简单,找一根细竹竿和一小段细铁丝或铜丝,不要太粗,但要有韧度,弯一个钩子,钩身约一寸来长,略弯成弧形,以便把钩子尖端对准虾的嘴。也有用缝衣针在蜡烛火中烧一下弯成的钩子,但缝衣针太硬,又不能弯成弧形,不好控制,也就很难钓到虾了。我的虾钩是用像缝衣针粗细的青铜丝弯成的,韧度很好。钩子的线也不要太长,只要半尺左右即可。

做好钓虾竿后,我们就去石缝的泥土中掘来小蚯蚓,放到空火柴盒子里,用作钓虾的诱饵。那小蚯蚓每条只有缝衣针大小,因虾的嘴很小,太大了虾儿吞不下。

第二章 往事如烟

　　接着，我们把蚯蚓串在钩子上，蹲在河边开始钓虾。我们都喜钓带籽虾，既易钓住，味道也鲜美。而老湖太大家便都不喜钓，因为它最狡猾了，总是咬钩背，把蚯蚓都吃光了，却仍不上钩，我们便都称其为"油皮虾"。而且老湖太看上去个头虽很大，其实除了钳大壳厚，肉却并不多，我们都不爱吃。那时，河里的虾很多，不消一个多钟头便能钓到满满一大碗。等到近中午太阳升高时，天气渐渐热了，虾便又会躲进洞中去，便再无法钓，只能等到第二天上午虾爬出洞时再去钓了。

　　平时我们都要去读书，没有时间，只能等星期天放假了才能去钓。那段时间，只要天晴，每个星期天我们都会去小河边钓虾。有时，正钓得专心，眼看又一只带籽虾手到擒来，忽然摇来一只大木船，荡起一阵阵波浪，那虾便会逃得无影无踪。气得我们一边大叫"报死浪头沉沉沉……"，一边等水面平静了再继续钓。那些用钩子钓起的虾又大又肥，洗净盛在大海碗里，上面放一点儿酱油，拿到饭镬里蒸。等饭好了，虾也熟了，味道可真是鲜美。现在的河虾、养殖虾，哪里比得上那时自己钓的正宗河虾味道鲜美。

　　到了夏季，天气热了，水温也升高了，虾们便都躲到水底去了，再难钓到了，我们便去河里用手摸（捉）虾。小河里的河底石洞很小，手伸不进去，我们便去村外的大河里捉。大河两岸都是稻田，因此也都是泥岸，泥岸被波浪冲击形成了一个向里凹的槽，那些虾便都栖息在这些凹槽里面，我们便用手去捉，用手往里一摸，虾便纷纷往外面逃遁。虽然我们手小，但也能一下捉住好几只。不到一个钟头，我们至少也能捉到一斤多虾呢。一些专门捉虾的大人，一天能捉好几斤，多的有十来斤，但用这种方法捉虾需会游泳，否则是很危险的，容易溺水。

于是，那些不会游泳的孩子便在家门口的小河里放蒲子，即拿一根棉线，一米多长，再从破笤帚上剪一截高粱秆，把线缚在高粱秆上，另一头缚上一条大蚯蚓放到河里去。每人做十几个这样的蒲子，太多了一个人会顾不过来。那些躲在河底草丛中的虾闻到蚯蚓的香味，便都争着来抢食。这时浮在上面的那截高粱秆蒲子便动起来，我们知道虾在吃食了，便一手拿一根细竹竿，另一手拿一个绑在细竹竿上的网兜，然后用细竹竿捞住蒲子，慢慢地把吃蚯蚓的虾引到近水面处，再用网兜捉住。有时虾多，这边还在捞，那边的蒲子又在动了，搞得你手忙脚乱。这时，你就需要一个帮手来帮你一起捞。十几个蒲子不停地轮流捕捉，一个下午也能捉到一大碗虾呢。

每到盛夏时节，小河的水渐渐浅了下去，加上天气炎热，水面温度也升高了。那些虾都躲在河底水草丛中，我们便在晚上用虾枪去戳。虾枪镇上能买到，价钱较贵。那时挣钱不易，为了节省钞票，我们大都自己制作。先找四枚到五枚大号缝衣针，用细铅丝把它们扎成扫帚形状，再装到一根手指粗细的竹竿上，然后拿一根细铁丝用力扎紧。这样，一根虾枪就制作好了。

吃过晚饭，我和小伙伴带着手电筒拿着虾枪去小河边戳虾。河边的踏道两旁虾最多，因为人们常去那里淘米洗菜，虾便都会去那里找食物。戳虾很有趣味。晚上，用手电筒或灯光向水里照去，你会惊奇地发现，虾的两只眼睛会发出橘红色的光，恰似两盏小灯笼。这时，虾是不会逃的，只需对准虾一戳，便能把虾戳住。一个黄昏，也能捕到许多虾呢，第二天的"过酒坯"就又解决了。

到了秋冬季节，河水凉了，虾便又都躲进两岸的洞中去了，再也不肯出来，但我们仍有方法把它捉住。

先准备一只竹箩,再找一根小手臂粗细、两米来长的竹竿,在竹竿一头钻一个洞,用八号铅丝把竹竿固定在竹箩内壁上,并要能上下活动。再找一根绳子,一头缚在竹箩口上,另一头缚在竹竿上,捕虾工具就算做好了。我们便背着竹箩来到岸边,沿着河岸双手用力往水下推。那洞里的河水便都被竹箩吸了出来,躲在里面的虾也一道被吸了出来。然后,把竹箩拉上岸来,吸在箩里的虾,便可伸手拾取,不消一个小时就能捕到不少虾,还有许多螺蛳呢。我们每隔几天去转一圈,虾和螺蛳便都有了,两碗美味可口的笃螺蛳和酱油蒸虾便又端上了餐桌,这可是乡村最好的下酒菜呢。

岁月已逝,佳景不再,只能在回忆中去追寻那美好的情景!

一台黑白电视机

那天,我正坐在家里一边欣赏从 CD 机中播放出的音乐,一边看书,忽听屋外传来"回收冰箱、彩电、洗衣机、电风扇……"的阵阵吆喝声。妻子忙从厨房跑出来对我说:"咱家不是还有台 12 英寸的黑白电视机吗,早就不用了,不如拿出来卖掉吧。"

我不情愿地抬起头说:"不卖,这台黑白电视机虽说已不用了,可它毕竟陪伴了我们近二十年,况且又卖不了几个钱。"

"放在家里又没用,还碍手碍脚的,又不是啥古董。"妻子不满地说。

"嘿嘿,再过几十年,说不定还真成了古董呢。"我笑了,又不无感慨地自语道,"它已陪伴了我这么多年,还真有点舍不得卖掉呢。"

说起这台电视机,可还真有一段不寻常的经历呢。

我与妻子是在 1974 年春节结婚的。婚后,我与妻去她舅舅家做客,看到舅舅邻居家的新房里有一台 12 英寸的黑白电视机,当时我和妻都十分羡慕。妻还对我说:"看人家多好,电视机也有。我们家只有一台你自己装的半导体收音机。"话语中不无抱怨。

从此,我便暗暗下决心,以后一定要买一台这样的黑白电视机。

当时买一台12英寸黑白电视机需400元左右，相当于我大半年的工资收入，谈何容易，就是平时省吃俭用也得存好几年呀。但这个心愿在我心头萦绕，不能抹去。

"文化大革命"结束后，我国实行改革开放，经济开始复苏，老百姓的生活也逐渐提高，买电视机的心愿才总算得以实现。

记得大约是1980年，我花了200多元钱托人从上海买回一台二手的12英寸黑白电视机。虽然是二手货，但价格便宜，功能完好，终于圆了我多年的电视机梦。

我立即兴奋地做了一副室外天线（当时还没有线电视），高高地竖立在屋子外面。我迫不及待地接上天线，插上电源，打开电视机开关，悠扬的音乐声立刻在屋子里飘荡。接着，屏幕中渐渐出现了图像，我们全家人齐声欢呼起来。

那时，电视节目远没有今天那么丰富多彩，我的这台12英寸黑白电视机只能收中央台、浙江台和绍兴台的三套节目，而且图像不十分清晰，还满屏的"雪花"飘飘，可全家人都看得津津有味。

那时，村子里有电视机的人家还不多，邻居们便都来我家看电视。记得当时电视台播放香港电视连续剧《霍元甲》，我家整间房子都挤满了看电视的人。

一次，这台电视机忽然"罢工"了，只能听到声音，没有了图像，全家人都很着急。第二天，我便与妻子抬着这台电视机去绍兴城里检修。当时，绍兴只有一家维修店。经过检查，说是显像管坏了，花了95元钱换了只显像管，才算又能播放了。

就这样，这台12英寸的黑白电视机一直陪伴了我十五六年时间，期间也修过几次，直到1995年我家拆了旧屋造起了新楼，又买了台 21 英寸的彩色电视机，才结束了这台黑白电视机的历史使命。

如今，我家已先后买了四台彩色电视机，其中客厅里那台是索尼 29 英寸纯平大彩电，其余三个卧室各一台，有 25 英寸的，也有 21 英寸的，每台电视机又各配了一台 DVD 影碟机，客厅那台大彩电还配了一套 5.1 声道家庭影院，足不出户就可以欣赏海内外大片，仿佛置身于电影院，十分惬意。回想当年全家人企盼一台 12 英寸黑白电视机时的情景，真是令人感慨万千，要不是改革开放政策使我国经济得到飞跃发展，这么好的生活真是做梦也想不到呀。

"一九七九年，那是一个春天，有一位老人在中国的南海边画了一个圈，神话般地崛起座座城，奇迹般地聚起座座金山……"这时，CD 机中正播放着董文华演唱的《春天的故事》，悠扬的歌声在屋子里回荡着，久久不息。

最忆家乡水红菱

我的家乡在鉴水河畔,这里素有菱乡之称。鉴湖河面宽阔、水质清澈,记得在我孩提时,河两边的水面种植了大片水红菱。一眼望去,郁郁葱葱,碧绿一片,十分壮观,真的如唐朝诗人杜牧《齐安郡后池绝河》中的"菱透浮萍绿锦池,夏莺千啭弄蔷薇"之意境。

菱又称菱角、大菱。从形状分,有二角、四角的。我们家乡都是四角菱,很少有两角的。从品种分,一般有驼背白和水红菱。驼背白呈青白色,背部稍稍有点隆起;而水红菱全身鲜红,肉质比驼背白更鲜美,故我们家乡基本上都种水红菱。

每当初夏,人们把培植在大田池塘里的菱秧捞出来,系上一条两米来长的草绳,然后把一株株种植在靠近两岸的大河中。不久,那一株株菱秧就会慢慢在河底扎根,并渐渐长大,最后把近岸的河面挤得满满的。人们便在菱秧周围整齐地插上几根竹竿,然后又用草绳把菱秧围起来,再在草绳上扎上一些水罗汉草。这样,不但能防止菱秧被风浪吹散,也不致使菱蓬漫无目的地生长,影响河道的通行。一般菱塘所占河面不到河道的一半,河中间仍留有二三十米的空水面。因此,过往船只不会受到影响,仍能畅通无阻。

菱秧种植后，管理也十分重要，特别是虫害，因此经常要去查看，一发现虫害，就要施药。因菱蓬生长在水面，故不能用药水喷洒，那样效果不佳，一般用药粉撒在菱叶上，这样就能杀死害虫。

夏季最多的是雷暴天气，暴风雨过后，便要去查看拦在菱塘周围的绳子有否被风吹断，菱蓬是否被吹散。如果发现绳子断了，菱秧散了，就要去接好，整理好。等到菱蓬长大了，一般就不会再被风吹散了。

等到夏末秋初，便是红菱成熟采摘的时候，人们拿一支长长的竹竿，划一条小船去采摘红菱。

我因曾插队务农过几年，也有幸摘过几次红菱。

采菱这活看起来十分简单，却需要有一定的技巧，否则会弄得满手是菱刺。

采菱需每人划一条小船，坐在船头，双脚垂在水里，手拿一根长竹竿插在船头的河底，撑着竹竿使小船慢慢向前。这时，你便可探手到水中采摘红菱了。每个菱蓬大大小小生有十几只菱角，不能大小不分全都采来，得挑大的、成熟的摘，如果把还没成熟的嫩红菱采摘下来，不但难摘，也会影响红菱的产量。成熟老菱较容易采摘，往往轻轻一拉，菱角就会掉下来，不过，你得小心，否则一个不留心，菱角会从你手中溜出沉入河底。但如果你采摘菱角时手重一点儿，老菱的四个尖刺会扎伤你的手。因此，需小心谨慎，才既不会让菱沉入河底，也不会刺伤手，要不半天下来，手就会伤痕累累。

每到红菱采摘时节，我们都会去买几斤尝鲜。那时，红菱价钱并不贵，一般一二角钱一斤，花不到一元就能买一大篮，拿回家洗净，挑出一些嫩红菱（洗红菱时发现有浮在水面的即是嫩菱），剥了皮生吃，十分鲜美，是果蔬中的佳品；也可用来炒菜，味道更佳。剩下的老菱，就放在锅里煮熟吃。用熟红菱过绍兴老酒，是我们家乡的一道美食。在我们那里，红菱刚开摘时，哪家买了菱，煮熟后就要先给邻居送一碗尝尝鲜。

  小时候，我们小孩子还能把红菱做成一种乐器。挑煮熟的老菱，在蒂部开一个小孔，把菱肉都掏出来，再在红菱壳的脐部也开一个小孔，并在蒂部贴上一张竹膜，用嘴在脐部用力吹，就会发出"呶呶呶"的声音，有些孩子还能吹出一些简单曲调呢。因此，每到红菱采摘时，我们小孩子每人都有一个红菱笛，"呶呶呶"吹得十分热闹。这是一种乐趣，也成了当时的一道独特的风景。

  如今，村民大部分都弃农经商或进厂打工去了，留在家的都是一些老人，菱乡已失去了当年的热闹。而且，为了保护水质，河里也已不允许种植菱角了。虽然，还有一些老人在一些田里或池里种植，但数量不大，加上水质也没有大河里那么好，因此，菱肉味道已大不如前。但是，每到红菱上市之际，人们仍要去买一点儿尝尝鲜。只是价钱贵了，只能少量买一点儿，人们买回家基本上也都是炒菜吃，很少再有人买一篮倒在锅里煮着吃了。

  现在，正逢夏末秋初红菱采摘之时，也正是大家品尝红菱之际，可千万不要错过这个时机呀。

渔 趣

俗话说："三月桃花水。"意思是农历三月份，常常春雨绵绵河水上涨，这时也正是桃花盛开之时，故称之桃花水。而随着桃花水上涨之势，鲤鱼也在这时最为活跃，纷纷逆水产卵。于是，又有"三月桃花鲤"之说。人们便乘这机会捕捉鲤鱼，大饱口福。一些文人墨客也吟诗作词来凑趣，如唐朝的戴叔伦曾有"兰溪三日桃花雨，半夜鲤鱼来上滩"之佳句。

当然，除了鲤鱼，还有其他许多鱼儿也在这个季节产卵繁殖，如鲫鱼、鳜鱼等，唐代诗人张志和有"桃花流水鳜鱼肥"的名句。

我生在农村，长在农村，对桃花水也颇有记忆。记得我少年时，家乡几乎每年都会在三月桃花盛开之际接连下几天大雨，河水迅速上涨，漫上河岸，田畈里的水都满溢出来，哗哗地往河中急泻，那些鱼儿便会逆水而上，跃入田里。这些鱼中最多的当数半斤左右的鲫鱼了，另外也有一些鲤鱼。

等天一放晴，村人们便拿上渔具纷纷去田里捕鱼。去田里捕鱼的渔具十分简单，如鱼兜（即把长一米左右的竹片扎成一个椭圆形的环，然后绷上一张小网）、竹笼（又称洋笼，用竹篾编成一只筒形的笼子，口成漏斗状，鱼进去后再也无法出来了）、小箔（把许多根一尺多长的竹竿用绳子编串起来，状如篱笆）和鱼罩（又称鱼倒，也是用竹篾编成，形似一只鸡笼，上面有一圆形小口，下面无底）。捕鱼的方法也很简单，只要把那些小竹笼、小箔拦放在田中之水流入河里的缺口处。不久，那些鲫鱼便会自己游入笼中或小箔内，人们便可轻易地捕捉了。

至于用鱼兜捕鱼也很简单，只要在麦畦或豆畦间的小沟中，从这端往另一端一路捞过去，直至水沟的尽头，取出鱼兜，沟中的鲫鱼便悉数都被网在兜里了。

记得那年我还读小学四年级。一天，又发桃花水。中午放学回家，从家里拿了只米淘箩（因为我没有渔具），去离屋不远的田里捉鱼，我用这只淘箩在大豆田两畦之间的小沟中一路捞过去，等我捞到那边田的尽头处，从沟中取出淘箩，哈哈，只见一条半斤多重的老板鲫鱼在淘箩里活蹦乱跳。我兴冲冲地拿回家，叫母亲立即剖了放进饭镬里蒸。嘿，这餐中饭我吃得最有滋味了，因为觉得自己刚捉的鱼味道特别鲜美，至今还记忆犹新。

至于鱼罩，是用来捕捉在已插下禾苗的大田里的鲤鱼的。人们拿着这些鱼罩，四处察看，一发现了鲤鱼，就立即扑过去把鱼牢牢罩住，然后死死摁住不放，等到鲤鱼把力气挣扎尽了，就可从容地把鱼捉住了。

当然，到田里来产卵的鲤鱼都不会很大，一些五六斤以上的鲤鱼是不到田里去的，因为田里水太浅，况且泄水的缺口也太小，上不去。于是，人们便在河中捕捉。在河里捕捉就不那么简单了，需要一定的经验和技巧，渔具也不一样，主要有两种。一种叫扳罾，就是用两根竹竿交叉弯成弓形，然后再绷上一张四五平方米的网，上面再缚上一根长竹竿，岸边搭个支架，把扳罾放进水中，长竹竿的中间点放在支架上，每过一二十分钟，人们只要在竹竿的另一端用力向下压，这扳罾便会露出水面，看里面有没有鱼，如果有鱼便可很容易地捉住。另一种捕鱼的工具是滚钓。即在鲤鱼较多的水中竖几根竹子，再拉上几根线，上面挂满了锋利的鱼钩，等到鲤鱼从这里游过，便会被这些鱼钩钩住，鱼儿一挣扎，又会被旁边的几个钩子钩住（故称滚钓），越挣扎钩子钩住得越多，直到鱼儿不能动弹。人们发现竹竿动了，就知道有鲤鱼被钩子钩住了。我的一位表哥就会这门绝活，有时一天能捕五六条鲤鱼呢。

　　如今，因为河水污染，加上一些人无节制地滥捕，河里的鱼已很少了。河里的鱼也已不能随便乱捕，需有捕捞证的专业渔民才可以捕捉。而田里也看不到鱼了，许多田都被开发了，有的造了别墅，有的建了厂房，还有的成了娱乐场所，剩下来的那几亩田年轻人也不愿再去耕种。水田成了旱田，田里无水，哪里还会有鱼？加上近几年政府十分重视疏通河道、兴修水利，即使连续下几天大雨也再不会发大水了。当年捕鱼的趣事早已成为过去，如今只能作为一种记忆，有时再重拾品味一下，倒也不失为一种乐趣。

第二章　往事如烟

钓　友

记得十五六岁时,我很喜欢钓鱼。那时,河水清澈,鱼虾又多,每次垂钓,总能满载而归。

常与我一道去的钓友,是从上海一家单位退休的王大伯。王大伯也很喜钓鱼,只是他的钓技却远不如我,老半天也钓不到一条鱼。见我不时从水中钓上一条条鱼,王大伯百思不得其解:"鱼儿怎么总上你的钩,我的钩中之饵却闻也不来闻一下?"

不是吹牛,我年纪虽比他小,可已有数年钓龄,可称得上是钓坛老手了。于是,我便向他传授了自己的钓技:"冬天,水底暖和,鱼儿一般都在深水处,钓线需长一些,又因水冷鱼儿不喜动,鱼饵一般少摆动为好;夏季,鱼儿都在浅水处,又活泼喜动,所以鱼饵摆动范围也应广一些。"这方法听起来虽然简单,可实际做起来并不容易。因此,他仍常常垂钓大半天,还是两手空空而归,还常遭他家老太婆王大妈的嘲讽:"你呀,心里想吃鱼,偏偏运不好。"王大伯当然有他的话:"你懂啥,我自有我的乐趣。"

有时,王大伯碰巧也能钓到一两条小鱼,于是便十分得意,夸耀一番后,又惋惜地绘声绘色向老伴描述:"今天还遇到一条大鱼呢,差点儿被我钓住,只因鱼太大了,被它挣断线逃脱了。"王大妈听了,便嘲讽道:"你呀,抲牢'白眼将',逃走'斤四量',也不觉得害羞?"

每每此时,王大伯总是直着脖子红着脸,急急地说:"真的,不骗你。不信,你问阿盛。"边说边对我眨眼。我当然向着王大伯,点点头为他作证:"嗯嗯,是的是的。"王大妈这才勉强相信。

后来,王大妈很少数落王大伯了,一次还向我夸他老伴:"这死老头子,昨天倒是运气好,钓了条一斤来重的大鲫鱼。"我当时很纳闷,昨天我和王大伯一起去钓鱼的,没见他钓过一条鱼呀,怎么有大鲫鱼了?

第二大钓鱼时,我向王大伯问起此事,王大伯狡黠地笑道:"嘿嘿,老太婆太烦,我去市场里买了一条,骗骗她的。"

原来如此。我听了忍不住捧腹大笑,王大伯也笑。渐渐地,我与王大伯在钓鱼中结下了深深的友谊,成了一对忘年交。

初中毕业后,我参加了工作,就很少再去钓鱼。时间飞逝,一晃已有几十年了,王大伯也早已作古。

如今,因河水污染,加上人们无节制地捕捞,河里的鱼虾日渐减少,小河旁悠然自得垂钓者的身影也越来越鲜见。有时,我真想再重温一下少年时期钓鱼的乐趣,可很少有鱼儿上钩了。看来,我只能从遥远的记忆中去满足钓鱼的乐趣,去寻找与钓友王大伯之间的感情了。

第二章 往事如烟

特殊明星

世界之大，真是无奇不有。

那天早晨，我正站在屋门口吃早饭，忽从门外进来一个中年男子。

那男子手中拎了只装满东西的旧提包，脸上洋溢着动人的笑容，边跨进我家屋子，边喜气洋洋地说："我今天好高兴，请你们分享我的快乐吧。"说着，从旧提包中抓出四粒水果糖，往桌子上放。我赶忙谢绝。

"我不是要饭的，请你不要误会。"那男子忙解释道，"昨天，我妻子生了对双胞胎，实在太兴奋了，这才来分分糖果。"

看着他一脸真诚的笑容，我一时很难拂他的意。

那男子见我默受了，又笑嘻嘻地补充道："我是江苏人，来这里做小工。昨晚，我妻子生了对双胞胎，是一男一女呢。你说，我有多高兴啊。"说着，又从包中掏出两只小得可怜的红鸡蛋。

一个外地男子，我与他又素不相识，凭什么送喜果给我们？如果要送的话，我们全村300多户人家，他送得过来吗？我心中虽疑惑不解，可一时也琢磨不出其中的奥秘。

果然，还没等我回过神来，那男子又笑眯眯地冲我说："老板

143

(鬼知道我这个教书的竟成了什么老板),你给孩子一点儿压岁钱吧。"并再次声明,他不是要饭的。

这时,我才完全明白了他的用意。我想拒绝,可我已默受了人家的东西,况且冲着他那副笑容,那种"真诚",我能叫他再把东西收回去吗?我摸摸衣袋,发现只有三元零票。那男子却说:"五元吧,我又不是要饭的。"

正当我尴尬之际,我妻闻声下楼来了。见到这一幕,偷偷朝我狠瞪一眼,摸出一张五元币,给了那男子,这才解了我的围。

那男子接过钱,说声谢谢,带着满意的笑容走了。

望着他远去的背影,我心中却十分感慨:这也算是赚钱有道。看这位男子刚才的表演,那么自然,那么娴熟,不亚于一位专业演员,如果让他去拍电影,我想一定不会逊色于那些大明星的。真的,而且是肯定的。

看来,又一位大明星将要诞生了!

温柔之刀

有一年暑假，我们去苏州旅游。素闻江苏宜兴的紫砂茶具乃一绝，便在导游的怂恿下，来到一家宜兴紫砂专卖店。

店内，紫砂茶具琳琅满目，服务小姐热情地接待了我们，并为我们各斟上一杯香茶，又不厌其烦地向我们介绍各种茶具的特点和鉴别真假紫砂茶具的方法。当她从交谈中听出我们来自绍兴时，又不无惊喜地说："听口音你们是绍兴人，我也是绍兴人呢。难得大家是同乡，如果大家看中了哪种茶具，我们以最优惠价卖给你们。"

他乡遇邑人，话又诚恳，我们当然非常高兴，便纷纷挑选自己喜爱的茶具，连我这个平时不嗜好喝茶本不打算买的无意者，竟也挑选了一套，价格看来也较优惠，标价220元的紫砂茶具，只卖50元。那位服务小姐还说，这是出厂价，利润已微乎其微了，只因看在老乡的份上。当时，我们欣喜不已，以会捡了个便宜货。

谁知，第二天在街上，却看到同样包装、同样式样的紫砂茶具，只需20元一套，比我们前一天从那位"老乡"处买的还便宜30元。这时，才大呼上当。

在准备回来的那天，我们又去街上逛了一圈。听说苏州的丝绸很有名，打算买点回去。我们来到一家服装店，店主热情地向我们

——介绍各种丝织品的优点。当他知道我们是绍兴人时,立即笑嘻嘻地说:"你们是绍兴人吧?我也是绍兴人呢。来,大家自己挑,看在都是老乡的份上,今天价格优惠。"

又是"老乡"!但有了第一次的教训,我们就显得谨慎了。我略做思考,便用绍兴方言说:"偌鞋(也)是绍兴人呀,格绍兴的土特产实(是)啥西,偌晓勿晓得?"

"纱洗(啥西)?这是丝绸,不是纱。"店主疑惑地说。

一切都明白了,我们知道今天又要挨宰了,便与同伴们逃也似的跑出了这家服装店。回头看那店主还呆呆地站在那里发愣,也不由得笑了。这笑中既有庆幸,也有苦涩。商家本应以诚信为本,可有些人却为了眼前的小利而丢弃了诚信,编织"老乡"陷阱,实在不可取。

挣福利

我们办公室一共五个人。除了我和老张是男同志,另外三位都是女同胞,彼此间关系十分融洽,还有一个挣福利的小秘密。

为了能使办公室干净整洁,平时我们打草稿及写过的一些废纸从不乱丢,而是收集在一个纸篓里,集满后再卖给来收购废纸的人,把这些卖废纸得来的钱用来买蚊香、卫生纸之类的生活用品,有时还买点水果,打打牙祭。我们把这叫作"福利"。

一次,我因内急,从办公桌上随手抓了两张白纸,匆匆往外就走。忽听后面传来女教师小赵着急的喊声:"福利,福利!"

原来,她以为我要把那废纸丢到室外去,才大声急喊,提醒我丢到废纸篓里。我说明这纸的用途后,引得众室友哈哈大笑起来。

家电的变迁

那年春节,一位以前的文友来我家拜访。我正坐在客厅里看冯小刚的《集结号》,文友一见,欣喜地说:听说这部大片拍得很不错,值得一看。

我忙招呼他坐下,递烟泡茶,又端上瓜子水果,便与他边叙旧边观赏这部片子。

忽然,文友发现了我去年年底刚买的那台高大厚实的万利达DVD影碟机,不解地问:"你原来的那台DVD机不是新科牌子吗,要比这台薄很多呢,怎么换了一台,那台坏了吗?"

我摇摇头笑道:"不是,那台没有坏,我把它换下来放在卧室里了。因这台万利达DVP-600CD/DVD机实在太诱人了。据《电子报》介绍,这台影碟机是万利达的旗舰产品,不但图像十分清晰、色彩艳丽,而且音质非常好,可与中高档纯CD机媲美呢。2003年刚上市时每台需近3000元的身价,现在其他品牌的DVD机已纷纷降价到500元以下了,可这款产品仍需1200多元呢。去年底《电子报》组织邮购,我心仪已久,便立即汇款去购了一台。你看,这图像质量与音响效果如何,是不是与普通影碟机不一样?"

文友点点头:"果然不一般,比我那台要好很多了。"说着又慨

第二章 往事如烟

叹道:"想不到你家的家电产品这些年来更新得这么快,想当初你家只有一台12英寸的黑白电视机,与现在相比真有天壤之别呀!"

想起当时的情景,我也不由得慨叹不已。

我是在1974年结婚的。那时,不要说电视机,就是那台唯一的家用电器——半导体收音机,也因为买不起,是自己组装的。记得那年春节,我与妻子去她舅舅家做客,见舅舅家邻居的新房里有一台12英寸的黑白电视机,心中十分羡慕,便暗暗打算,以后赚了钱,也一定要买一台这样的电视机。

这个宏愿过了10年才逐步实现。20世纪80年代初,我购了我家的第一台12英寸黑白电视机,而且还是台二手机,经过自己细心打磨,又换了显像管,才总算能正常收看。当时村子里还很少有电视机,邻居们便都来我家看电视,常把小屋挤得满满的。不久,又买了一台电风扇。当时,我的心里已是十分满足了。

到了1995年,我家拆了原先那两间早已破旧不堪的老屋,建了一幢三层新楼,还买了一台21英寸彩电、一台电冰箱、一台洗衣机,家中的几大件基本齐全了。后来,还添置了一台VCD影碟机。从此,可以坐在家中看大片了。

随着生活水平的逐渐提高,人们的要求也随之提高。原先的那台21英寸彩电已觉得太小了,便又去买了台25英寸彩电,并把原先的VCD机换成了DVD机。2001年孩子结婚时,又买了台29英寸索尼纯平大彩电和一套5.1声道家庭影院。这下,看大片犹如置身在电影院中,十分过瘾。

最近几年,家电越来越多地走进千家万户,我家也不甘落后,便一下子去购了两台空调,夏天再也不怕高温酷暑了。

我是个文学爱好者,也是位电子发烧友,平时喜欢听音乐,于是又陆续购了一台 CD 机、一台胆（电子管）功放和一对高保真书架音箱。闲暇时，一边看书，一边听音乐，十分惬意。

"想想这几十年的改革开放，为我们普通百姓带来了多少实惠，从我家的家电变迁中可窥一斑。"我对文友感叹道。

"是呀，"文友也点点头说，"如果没有改革开放，今天这样的日子是想也不敢想的。"

当年这位文友是个打工仔，在一家纺织厂工作，后来当过几年律师，还教过一阵子书。他也是个文学爱好者，常写些散文、小说与我一道探讨，并时有大作发表。十年前，他下海经商，后来又办了一家烫金厂。因经营有方，越办越兴旺，前几年还买了辆奔驰轿车，日子过得越来越红火，已非小康可比。

第二章 往事如烟

大院里的中心人物

孩提时,每逢暑假,我都要去城里的三姑妈家度假。当时的情景,直到现在还深深地印在我的脑海中。

记得每到夜晚,大院里的大人小孩都聚在院子里纳凉消暑,谈天说地,别有一番趣味。

大院里有个经常进山做生意的小老头,我们都叫他王伯伯。每当他进山去跑一趟生意回来后,院子里的小孩总要围着他,听他讲些山里的新闻怪事。因而,他便成了大院里乘凉时的中心人物。

那时,每到傍晚,我早早地吃过晚饭,和同院的几个小伙伴,缠着王伯伯讲故事。王伯伯总是笑眯眯地捋捋唇边的二撇昂刺胡子,点燃一根烟,深深地吸一口,好一会儿才从两个鼻孔中喷出来;然后,捧起茶杯,喝一口浓茶,才慢吞吞地讲起来,讲着讲着,连大人们也都被吸引过来了。

王伯伯总有说不完的新鲜事:山里有几个人才能合抱的大树呀,有走十天半月也走不到尽头的原始森林呀。还神秘地说,山里人晚上走路从不搭别人的肩膀,因为那里有狗熊,狗熊咬人时总要在后面搭人的肩膀,等那人回过头来,就对准咽喉一口咬住……他的故事千奇百怪,令人瞠目结舌。

于是，大家对山里的想象是既神秘又可怕，常好奇地叹息着："啧啧，山里咋这么可怕呀。"

我很爱听这些故事。可听了后，一个人再也不敢独自进竹林去玩了，怕遇到狗熊，虽然我知道这里不是山区，可这种恐惧的心理不知怎的总是驱赶不掉。

有时，人们会担心地问王伯伯："老王，那你到山里去做生意有没有遇到过野兽，你不害怕吗？"王伯伯就笑笑说："怎么会没有遇到过，说出来吓死你呢。"于是，他就又绘声绘色地讲起他自己的历险故事来："一次，我正在山岙里走，忽然发现有一只狼尾随在我后面。当时，我心中非常害怕，但又不能跑。我知道，如果一跑，狼马上会把我扑倒的。可我身上除了随身背的一个包裹，只有一把雨伞。忽然，我急中生智，拿起手中那把伞，突然转身，对着那只狼一下把伞打开。那只狼不知是什么东西，竟能一下变得这么大，吓得一溜烟逃得没了踪影。"

他讲得绘声绘色，人们也听得津津有味，我们小孩子更是听得入了迷。有时，他讲着讲着突然停住了，望一眼茶杯，叹口气："唉，茶又没了，嗓子讲得快冒烟了，不讲了。"于是，大家都一个劲儿地缠着他，有人拿来热水瓶，给他倒上一杯茶，有几个小伙伴还从父亲那里偷来几根烟，递给他，并给他点上："王伯伯，您吸烟、喝茶，接着讲吧。"

于是，王伯伯就吸一口烟，喝一口茶，美滋滋地咂咂嘴，又慢吞吞地讲下去。

初中毕业后，我参加了工作，很少有时间去三姑妈家了。

很多年后的一个夏天，我又去了三姑妈家。

吃过晚饭，我们又去院子里乘凉。见那王伯伯已是满头银丝，

第二章 往事如烟

早不做生意了，只是在家享享清福，他的故事也早过了时，没人听了。听表妹说，他的一个儿子在深圳一个什么公司里工作，很赚钱。

那天，王伯伯的儿子小王正巧刚从深圳回来，也在院子里纳凉，人们正围着他听他讲深圳的新鲜事呢。

"你们可知道，深圳原来是一个荒滩呀。"小王神秘兮兮地对大家说，"后来人们都到那里去做生意，外国人也去投资，就成了经济特区，也渐渐热闹起来了。如今呀，可称得上第二个香港呢。"他的话一下子吸引住了大家，他得意地摸了下八字胡，继续说："那里的人呀，都是万元户、十万元户，甚至百万富翁也能随便找出几个来。在那里，只要有本事，钱随你赚。就是给人家管管门口，也有五六百元一月呢。"小王讲得眉飞色舞，人们也听得啧啧称羡。

看着人们羡慕的样子，他讲得更起劲了："嗨，你们别以为那里钱容易赚，可也得担惊受怕呢。那里什么样的人都有，那里的东西也贵得吓煞你，青菜要十元钱一斤，皮鞋要几百一双，进口手表要几千元一只，还很畅销呢。"人们听得又不禁咋舌称奇。

我心里不禁暗暗发笑，想不到随着时代的改变，大院里的中心人物、新闻怪事也都不同了；更想不到，大院里的中心人物也子顶父职，由这个做儿子的接了班。

种菜琐忆

那天，在一个文友群里看到有文友说很想种菜、种番薯。我便笑问："你们以前种过菜吗？"文友回答说："没种过。"我便又说："种菜要掘地，没半天两手便满是血泡了。"文友慌了，说："你可别吓我呀！"我又继续说："还要除草、治虫。夏天，烈日能把你晒得蜕一层皮，哪有文人笔下描写的那么轻松浪漫哟！"我这么一说，可真把文友吓住了，却一下子把我拉回到儿时种菜的那段记忆之中。

那时，在我们农村，家家都有一个菜园子，或房前或屋后，或河边或田间。我家就有一个30多平方米的菜园子，共有六畦。虽不很大，但平时吃的蔬菜都是从这里来的，倒也足够了。春季，园子里种的是南瓜、蒲子、毛豆、茄子、苋菜、四季豆等。四季豆有矮蓬和长篷（即有藤蔓）之分。有藤蔓的虽要搭棚，比较费事，但口感好。只是这种豆对气温要求高，超过30℃，就不会开花结豆荚了，故得抓紧时间播种。夏季，种的大都是玉米、高粱、向日葵等。而秋季则种白菜、萝卜、芥菜等。每个季节都有不同的瓜果蔬菜，一年四季吃的菜都靠这个园子。当时农村没有集市，要么自己种，要么去镇上买。可镇上离我们村有七八里路，去一趟得半天时间不说，这钱也花不起呀。

再说种菜吧，说说容易，做起来可并不轻松。

要种菜，就得先要掘地。掘地前，还得先把地里的杂草拔掉，最好能连根拔去。否则，过不了几天，杂草又会长出来，与蔬菜争肥。

接着，便开始掘地，掘地要用到铁耙。铁耙有四根齿，上部有一个装竹柄的孔，装好竹柄后，很像猪八戒用的耙。铁耙又有大小之分，大铁耙一般掘草籽坂田时用，有六七斤重，加上竹柄，足有十多斤重；小铁耙虽小一点儿，连竹柄也有五六斤重。掘地既是个力气活，又是个技术活。人站在要掘的畦上（我们农村叫翎干），两手紧握铁耙，一耙一耙往前掘土。掘地时，双脚不能在畦上乱踩，否则，把刚翻过来的土又踩实了。得有一定间距，前脚往前跨一步，后脚需踩在前脚刚踩过的坑里，尽量不把土踩实。有些地土较硬，翻土得花很大的力气。为省力，每掘一铁耙，可先把铁耙柄往下揿一下，然后再扳起来，这样就省力多了。同时，每掘一耙的大小和深度，都要差不多。不能一铁耙大，一铁耙小；一铁耙深，一铁耙浅。否则，掘好的地会高低不平，菜畦就会歪七八扭，难看不说，菜也会种不好。这畦地掘好后，还不算完工，需把土敲碎整平（又叫摊地），这时，得往后倒退，仍踩着自己的脚印，边摊地边把刚才双脚踩过的坑填平，把刚掘起的土弄碎摊平。还要用铁耙背把菜畦两边敲实，这畦地才算完工，然后再掘另一畦。

我家因父亲在上海工作，只有我一个男孩。因此，我义不容辞地承担起了掘地种菜的担子。我还只十一二岁时，就跟着母亲学习掘地种菜了。很快，我就掌握了掘地的技巧。我掘的地不但笔直平整，而且泥土颗粒细而均匀，常受到邻居的夸奖，这与我比别人心细有关。因为我知道，要掘好地，还得把翻好的土弄平整，把大块泥敲碎，并尽量使畦中间略高，两边略低，下雨时雨水就不会积在畦上。一旦菜畦中间积水，就会使泥土板结，影响蔬菜生长，甚至还会烂根。

刚开始学掘地时，两只手掌很快就会起血泡。掘地时间越长，血泡越多且越大。这血泡还不能用针挑破，一旦破了，便会流出血水，还会钻心的痛。但也不用害怕，咬咬牙，过段时间，那血泡便会慢慢瘪了。那时，再去掘地，就不会像刚开始那么疼了。再过段时间，就会慢慢变成老茧。双手有了老茧，掘地就不会疼了，掘的地越多，手掌上的老茧越厚。你去看农村里的那些老农民，个个手掌上都是老茧。要想掘地种菜，人人都得过这一关。

掘地时，还须在每畦间留一条沟，既利于排水，又便于行走。

把菜畦整平后就可种菜了。种菜一般分两种：一种是平常要吃的，如青菜（又叫油冬儿菜）、矮黄头菜、菠菜等；另一种是专门用来腌制的，有高脚白和半高脚。这种菜菜梗多叶少，口感较差，但株大，适宜做腌菜。那时许多人家都育有菜秧。只要他自己的地都种上了菜，余下的菜秧，就可去讨要，一般都肯给的，不会收一分钱。但如果地多，自己育的菜秧又少，向邻居要来也不够，就得到镇上去买，一般也不会很贵，几角钱就能买到几百株菜秧。

种菜也是一门技术活。我们家乡有句俗话："摇林白菜捂心芥，揿煞油菜活得快。"这是种菜的要诀。意思是，白菜（包括青菜）要种得浅不要太深；而芥菜则要种得深些，把菜心埋在泥里反而成活率高；油菜不但要种得深，还要把泥土牢牢地揿住根部。

种菜的工具叫菜削，由铁削和木柄组成，形似一把微型锄头。种菜时，人不能站在畦上，否则会把刚掘好的土踩实，要站在两畦间的沟里，因此，只能先种菜畦的这边，等这边都种好后，再种另一边，每行种五至六株，别种得太密，太密会影响菜的生长；也不能太疏，那就会浪费土地。种菜时，可先种这边半畦的三株，等这边都种好了，再种那边的三株，这样才整齐美观，也便于除草松土。

种菜最好选择多云或阴天，千万不要大晴天猛太阳下种。如果连日晴天，就得在傍晚种植，这样才不会被晒死。如果种的是芥菜，因为比青菜更娇嫩，更需注意防晒，一般在菜上面盖些草，白天盖上，晚上拿掉，让菜秧滋润一些露水，更易成活。菜秧种下后，还需浇水，这水中应加点"料"（即人屎和尿的混合物）。但不能放太多，一般每桶水放二勺到三勺料即可。太多会把菜秧根灼伤的，不加也不行，因"料"中含有盐分，能使泥土保持湿度，促使菜秧成活率提高。

连续几天，每天都应浇这种水料，大约三五天，菜秧成活后，便可间隔一两天再浇。而且，水中的"料"也可渐渐加多。但不能太多，千万不能浇不加水的"纯料"，那会把刚成活的菜渍死的。

我们家乡还有句俗话，叫："三日两头浇，二十日好动刀。"就是说多施肥，能使菜快速成长，一般一个月左右就可收割了。这期间，还需加强管理，如松土、除草、除虫等。那时，农药非常少，我们只有六六粉，但一般不愿用，因用六六粉撒过的菜会变硬，口感就差了。况且，青菜芥菜的虫大都是些青虫或毛毛虫和蜗牛之类，可用手去捉，虽花费时间，但安全。还有一种虫，叫油虫，一般都躲在菜的背面，即使用六六粉也撒不到背面去。生了油虫的菜，如果还不是很多，一般用草木灰，因为草木灰是碱性，能把油虫杀死。因这种油虫很小，犹如一粒粒芝麻，故我们又叫"芝麻油"(虫)。

如果,油虫太多,一时难治了,那只能把菜割了,重新再掘地种一批了。

芥菜长大后一般不马上割的,只是把每株长在最外面,又最大的二三片叶子批(即摘)下来。然后,再适时浇点料(人粪),过一周左右又可以批了,这样可连续不断地批菜叶子。把批下来的芥菜叶子先堆放在屋角地上,几天后,叶子有点黄了,就可去河里洗净,晾干后,切碎腌制,一般三五天后钵头里满是黄白色泡沫了,便腌制好了,或拌点麻油生吃,或炒南瓜、炒茭白都是佳肴,非常鲜美。

这菜园子都在房前屋后,当时家家都养有鸡鸭,为防止鸡鸭偷吃种在地里的蔬菜,就需用篱笆把菜园子围起来。

篱笆一般都是一人来高的细竹子用草绳编成的。但因日晒雨淋,每年都要更换。因此,我们每年都要编织篱笆。先须做好准备工作,就是先要用稻草搓好绳子,有了草绳才能编织篱笆。搓绳的稻草也有讲究,要用早稻草,不能用晚稻草,晚稻草太硬,不但难搓,手掌也更易起泡,用来搓绳的早稻草,先用铁钯齿栅去草壳,留下梗,用这样的稻草搓的绳子才粗细均匀而又有韧性。我每年要搓很大的两个绳球,以备编篱笆之用。每年的秋季,雨水渐多,南瓜、四季豆、长豇豆的藤也都已枯萎,这时就可围篱笆了。

先把破旧的篱笆拆除,虽绳子都已烂了,但细竹子还可以用(如果有些竹棒已断折,还得新添一些补上)。搓好绳子,就可动手编织篱笆了,编制的工具叫简床,是一种用木条钉制而成的近两米长、三十多厘米宽的长方形木架,长木条两边,各排列二十多对竹钉,编织时用来固定绳子,每两根竹钉为一对,每对相距五厘米左右。

简床一般人家都有，也较易借到。借来后，拿两条长凳，把它竖立，并相隔两米左右，把简床放到上面的两对凳脚上，就可开始编篱笆了。编织篱笆一般需两根绳子，绳子的长度需篱笆周长的一倍多，每根绳子对拆编织，在两根绳子中编入竹棒，一般需尽量长一点儿。否则，编织好的篱笆会嫌太短，围不够园子。不过，也没关系，补织一截就行了。况且，如果篱笆太长，编好后也拿不动，可分几截编织。这样把竹子一根根编织起来，需不少工夫，像我家那块园子，我常要花两个星期天才能编好，我在那几天就没有时间玩了。有时，母亲心疼我，便抽空来帮我编一会儿。

编好篱笆后就可拿出去围栏了，但还需准备十几根木棒或竹棒，每根小孩手臂粗细，用来打桩固定篱笆。再用几根长竹竿把篱笆内外夹起来，并固定在竹桩上，使篱笆十分牢固，既不会被小孩子推倒，也不会被大风刮倒。最后，在适当位置做一扇活动的篱笆门，以便进出。

篱笆围好后，便可以清除杂草，然后掘地、种菜了。

现在，许多年轻人都以为种菜是很轻松的，只要种下去，就可坐等收获了，哪里知道这简单的种菜，竟也有这许多学问。只有经过实践，才能体会到其中的艰辛，从而深知其来之不易！

第三章

美景如画

鉴湖水色秀，柯岩石景奇

有人说，绍兴犹如一本年代久远而厚重的线装书，走进绍兴（柯桥），便翻开了这本大书，历代名人古迹、奇石秀水便都一一展现于你的眼前。

此话一点儿不假，许多人都慕名来到绍兴，翻开了这本线装书，一探绍兴的古今。

鉴湖，是绍兴的母亲河，它用自己的乳汁养育了一代代绍兴人，故而绍兴名人辈出，古有马臻、陆游，近有周恩来、鲁迅、蔡元培、秋瑾等。

鉴湖位于绍兴城西南，素有"鉴湖八百里"之说，可见当年鉴湖水之宽阔。鉴湖的形成还有一段美丽的传说。在远古时代，绍兴还是个海滩，不知何时来了条恶龙兴风作浪，浊浪滚滚。为治恶龙，一名姓钱的壮士带领众乡亲建造了一座水闸，镇住了恶龙，从此水又清澈了，那里便取名为清水闸。接着，他又去几百里外的会稽山挑来一担土石，镇住了龙尾，这便是人们称作海山的那座小山。但当他挑第二担土石时，因连日劳累，半路想在叫作州山的地方坐下稍作休息，但这一坐便永远站不起来。他的身子化作了一条河，那担土也化成了两座山，一座在河西南，叫西担山；一座在河东北,曰东担山。后人为纪念他,把此河取名叫作钱湖,后因"钱"与"鉴"字读音相近,日子久了,便称为鉴湖,又因此湖水清如镜,又称镜湖。

其实,鉴湖是由会稽山阴三十六条溪流组合而成。东十八条溪流经若耶溪汇入绍兴偏门,那里建有一座横跨鉴湖的东跨湖桥;西十八条溪流经型塘江汇入湖塘,这里也建有一座西跨湖桥。桥旁还立有一石碑,上面镌刻记载有鉴湖由来及此桥建造年代。当年,鉴湖总面积曾达200多平方公里。北宋时,因人们在湖上建堤筑堰、填湖垦田,致使湖面积大为减小。今湖塘、容山湖、厕石湖、白塔洋均为其遗址。

鉴湖水质极佳,驰名中外的绍兴酒就是用鉴湖水酿制而成的。鉴湖河面宽阔,水势浩渺,乘一叶乌篷小船,泛舟湖中,但见近处碧波映照,远处青山重叠,真有一种在镜中游之感呢。

我的家乡就在鉴水旁边,孩提时,我常常与小伙伴们去河里抓鱼摸虾,鉴湖是我们玩耍的乐园。鉴湖水十分清澈,在河两岸田里劳作的村人便取鉴水解渴,喝一口,沁人心脾,凉爽甘甜,比那"有点甜"的农夫山泉还好喝。清晨,我们常去鉴水河边散步。此时,太阳还未出来,湖面薄雾缭绕,水汽氤氲,鉴湖似蓬莱仙境。忽然,远处传来一阵欸乃之声,俄顷,见捕鱼人划一叶小舟在雾气中时隐时现,缓缓驶来。但见船舱中银光闪闪,鱼儿活蹦乱跳。高兴时,捕鱼的还会哼上几段绍兴大班或绍兴莲花落,优哉游哉,满载而归。

如今,鉴湖已是一处休闲度假的江南水乡型风景名胜区。鉴湖全长15公里,由东跨湖桥、快阁、三山、清水闸、柯岩、湖塘6个景区和湖南山旅游活动区组成。

近几年,从海山至柯岩风景区这一段,又对鉴湖两岸进行整修改造,重新用青石块构砌,岸边还栽种上各种花木,植上草皮。沿湖又摆设些石凳木椅,并建起一座座凉亭,供游人休憩,成为一座开放式的免费公园。游人一边欣赏湖中美景,一边体验两岸湖光山色。乌篷小船在湖中悠悠驶过,船老大脚蹬踏桨,手中小划子缓缓地一上一下,与那踏桨默契配合,船篷中不时还会探出几颗游客脑袋来。湖水清澈,水面平静如镜,湖底水草丛中鱼儿游弋嬉戏。岸上树木苍翠,百花齐放。此美景和游人都倒影入湖水之中,真有一种"山阴道上行,如在镜中游"之意境呢。

这几年,家乡整体进行城中村改造。鉴湖两岸先后矗立起一排排别墅、一幢幢高楼,更为这一带增添了一道靓丽的风景线。

山与水往往相随相伴,鉴湖也不例外。你看,鉴湖之水从柯岩山麓潺潺向东流过,于是柯岩与鉴水便连成了一对。

柯岩又称柯山,最出名的当然要数石景了。石景便是闻名全国的柯岩云骨、弥勒石佛、蚕花洞、七星岩以及众多的石宕石塘,其中著名的蝙蝠洞即是由一个个石宕连接而成。

柯岩石景为绍兴提供了石文化景观。这些石宕石塘,是绍兴古代石匠采石后留下的遗迹,而云骨、石佛是采石过程中石匠觉得不合适用作石板石材而留下的一些石筋、石块经精心加工而成的。

据说,这石佛由整块巨石加工雕琢而成。相传开凿于晋代永和年间,经能工巧匠凿雕三世而成。石佛高20余米,位于石池中间。石佛右边即是凌空突兀被喻为云骨的奇石,此石下窄上宽,瘦削屈曲,斧痕淋漓,高30余米,低围约4米,最窄处不到1米,如抬首仰望,真的担心会突然倾倒下来,可是怪石已在此耸立了1000多年,仍纹丝不动,不愧为"岩魂""绝胜"。又因其远观恰似一柱炊烟袅袅上升，故又名炉柱晴烟。顶上还刻有"云骨"两个红色大字，那字比人还高。最奇绝的是云骨顶端竟长有一古柏，据称已逾千年，至今仍生机盎然。

蚕花洞在石隙深处。步入蚕花洞，举头仰望，石壁似刀削斧劈，陡不可攀，只能见到一条很窄的天空，故又称一线天。

七星岩由七个石宕组成，故名七星。石塘池深水清，鱼儿游弋，清晰可见，抛一片石，在水中渐渐下沉，很长时间还能看到，足见石宕之深、池水之清澈了。这些石宕、石壁、石佛、石柱等景，既是大自然的鬼斧神工，又是绍兴古代劳动人民的神来之笔，真可谓集天、地、神、人之精华。

为了把柯岩和鉴水更好地融合在一起，这里又开发了葫芦醉岛和南洋泛舟两个景点。前者因岛形似葫芦，故名，岛内建有壶觞酒楼、投醪劳师群雕、曲水流觞等景点。后者在湖中设有百条乌篷小船及几艘游艇，供游客泛波于鉴湖之中，领略"人在镜中游"的悠悠闲情。

有人说，鉴湖水犹如柔顺婀娜的小女子，而柯岩石景则恰似雄健刚强的男子汉。这一柔一刚，恰恰体现了绍兴人内柔外刚的性格。放眼绍兴的历代名人，马臻、陆游、勾践、鲁迅、周恩来、秋瑾、蔡元培、竺可桢等，他们都集刚柔于一身，都干出了一番轰轰烈烈的大事业，怎不令人肃然起敬呢？

如今，随着我国经济的日益发展，家乡的面貌焕然一新，柯山鉴水也更显新的活力，已成为一座开放式的免费公园。我们就生活在这座公园里。我们知足了，真的！

兰乡散记

兰花是绍兴的市花,也是养花爱好者的首选。

秋日的一个上午,下着小雨,我和作家协会的几位文友,驱车前往素有绍兴兰花之乡美誉的漓渚镇棠二村采访。

在村文书的陪同下,我们首先来到育兰高手钱建法先生的越州兰苑,他的特色是用传统方法培育兰花。

钱建法先生热情地接待了我们。稍做寒暄后,他就滔滔不绝地向我们介绍起挖兰、植兰、育兰的故事。

他从小随父亲上山挖兰,对兰花有一种特殊的感情。初中毕业后,他就开始种植、培育兰花,那年他才 17 岁。一路风风雨雨干到现在,已经整 27 个年头,他与兰花已结下了不解之缘,其中的酸甜苦辣他都尝过,可他觉得最多的还是甜。他对我们说:"兰花与人一样,你对它好,它也会向你倾诉感情。"他还说:"蕙兰花蕾的孕期更像人一样,一个花蕾在前一年 7 月份开始形成到第二年 4 月花苞开放,需整整 10 个月,像人一样,也是 10 月怀胎。春兰比蕙兰提早两个月开放,也得 8 个月。这中间你需细心呵护,像一个母亲抚育自己的孩子那样。"说到这里,他呵呵地笑了。听了他的这番话,我们都啧啧称奇,原来他已把兰花当成了知己,难怪能培育出这么多优质兰花。

他还告诉我们，兰花也是一种很娇贵的花卉，需四季保温在5℃至28℃，因此必需搭棚精心培育。他的育兰基地从刚育兰时的40多平方米发展到60多平方米，又逐步发展到300多平方米。如今，他的越州兰苑不但在家乡棠二有育兰基地，在诸暨也有几个大棚，种植面积共达100多亩。而且，均为温室大棚，里面栽有26万盆500多个品种的不同兰花，包括春兰、蕙兰、墨兰等，均用传统的育兰方法培植。他的育兰基地也是全国规模最大、档次最高的之一。

当我们问起获奖情况时，他更是面带笑容，如数家珍。他说自2003年在杭州一小山庄举办的省兰花展获得第一枚金奖后，几乎每次在全国兰花展中均能获银奖、金奖，甚至特别金奖。如在山东省与台湾省联合举办的海峡两岸兰花展中，他的一盆兰花荣获环球荷鼎特别金奖，另一盆又获西神梅金奖两个顶级大奖。自养兰以来，他共得过市级以上奖项150多个。

在2008年的全国兰花会展中，他共拿去六盆兰花参展，竟得了四个金奖、两个银奖。其中，奇花绿云还获得了特别金奖。

后来，在2008年安徽的兰展中，以50万一苗买入一株兰花，经过他的精心培育，这盆熊猫蕊蝶又在全国兰展中再次荣获特别金奖。

当我们问他卖出过最高价钱的那盆兰花是什么花名，共多少钱时，他笑嘻嘻地告诉我们，那是一盆叫大龙胭脂的兰花，共有五苗，每苗36万，共计180万元，卖给了一位台湾的兰花爱好者。如今，他不但是全国兰花协会的常务理事，也是省兰花协会的常务理事、市兰花协会的副会长。

因他还要去诸暨另一个兰花基地，我们只得与他告别。临走前,他又热情地邀我们年底再去他育兰基地参观,到时数万盆兰花已是花苞丛生,将是另一番美景。

离开越洲兰苑,我们又来到童水标的国兰农场。他的育兰方法与钱建法的传统方式完全不同,是用科技培育兰花。走进国兰农场,但见敞亮的大棚内,是一望无际的兰花,里面的品种更是千姿百态,令人目不暇接。有的含苞欲放,有的已经吐蕊怒放了。我正在奇怪,童水标先生笑着告诉我,这叫四季兰,一年能开三到四次花,而且花的颜色也有不同,这是用花粉进行人工授粉而改良开发出来的一个新品种。听到这里,我们都不禁为他的这种创新精神赞叹不已。

他还告诉我们,这里总共有面积17亩的育兰基地,在诸暨还有24亩大棚基地。他这个大棚也与一般不同,上下共有两层,顶层是透明塑料顶棚,下面还有一层透气的网状膜,随季节的变化可以上下升降,调节气温及透光度,以适应兰花的生长、发育。

我们问他,这么大面积的兰花基地需多少人管理?他告诉我们,只需三四人就够了,诸暨那里也只需六七个人。因管理基本上都是自动化,浇水施肥也都是管道自动喷洒,大大节省了人手。这时,我们才发现大棚内布设了许多水管和喷水龙头。浇水时,电钮一按就可以了。

他还告诉我们,他父亲也是位育兰高手,不过是用传统的方法培育兰花。他不但继承了父业,还运用科学的方法来培育兰花,比他父亲又前进了一大步,真可谓"青出于蓝而胜于蓝"呀。他比越州兰苑的老总钱建法还年轻,今年只有36岁,年轻而又有创新精神,善于运用科学的方法来培育传统的兰花,很有新时代新思潮的特色。

据他介绍,他这里是兰花的开发、培育、批发基地,培育的兰花销给全国各地的兰花电商。他的兰花使家乡漓渚棠二村扬了名,更为我们绍兴的市花扬了名。

告别了童水标，我们又来到了养兰老农钱炳凡的家里。老人的家是一栋别墅式的楼房，宽敞明亮。他精神矍铄，十分健谈，听说我们是来向他了解棠二村的育兰历史和典故时，显得十分高兴。

老人向我们介绍了棠二村育兰的历史。那是200多年前，他们棠二村的育兰祖师钱如高，也就是钱建法先生的曾祖父，从诸暨江藻迁徙到棠二，见这里四面环山，中间平地，山清水秀，很适宜耕作育兰，便在此定居下来，靠种地、采兰、植兰为生。每当采到一丛好兰时，他便移栽到自己家里精心培育，遇到特别好的奇兰时，便会自己留下一二苗精心培育繁殖，再把其余几苗拿到上海、苏州、嘉兴等地去卖。一次，他采的一丛兰花，在上海卖了个好价钱，妻子问他卖了多少钱，他也不答，只是笑嘻嘻地从身上解下两个钱褡子，"呼"的一声丢到桌子上。妻子见了，疑惑地拿起那两个鼓鼓的钱褡子，觉得十分沉重。原来，里面竟装满了银圆，足足有一千多个。喜得她一个劲儿地问："咋有这么多，咋有这么多？"

自此，钱如高挖兰、育兰更起劲儿了，还带起了全村人挖兰、育兰的热潮。棠二这个地方便成为兰花之乡，后人又把此地誉为六岭兰谷。是的，这话一点儿不假，除了刚才我们走访的越州兰苑和国兰农场，还有诚信兰苑、芳香兰苑、梅乐荷兰苑、怡香苑等，因时间不允许我们一一采访，只得作罢，等以后有机会再去了。

我们告别老人，返程归来，一路上处处新楼高耸，公路村村相连，家家贯通，棠二富了，漓渚富了，整个绍兴乃至全国都富了。这正印证了那句话：绿水青山就是金山银山。棠二村的这一条条绿水，一座座青山，不都变成了一座座金山银山吗？你若不信，就请来看一看吧！

西溪湿地公园览胜

　　早就听说杭州西溪国家湿地公园景色秀丽多姿、别具特色,一直想去一游,却因种种原因而未曾如愿。

　　5月的一天,分会组织全体退休教师前去游览,总算遂了我这个心愿。

　　早上7点,我们全体退休教师分乘两辆旅游大巴,从柯桥出发,一路直驶杭州。一个多小时后,便来到了杭州西溪国家湿地公园。

　　进入园区,忽觉眼前一亮。整个园区规模十分浩大,里面景色确实别具一格。但见林木繁茂浩瀚,江河纵横交错。据导游介绍,公园总面积约有11.5平方公里,河流总长竟达100多公里,约占总面积百分之七十为河港、池塘、湖漾、沼泽等水域。

　　这次游览,我们以乘船游览为主。乘坐游艇一路游赏,但见水道如巷,河汊如网,鱼塘栉比,诸岛棋布。沿河两岸佳木繁荫,翠竹青青,百花盛开。倏忽间,耳边传来鸟啼声声。游艇过时,常会惊起一群水鸟,从我们头顶飞掠而过。见此美景,大家忙着拿出手机,纷纷拍照记录下两岸的美景。

　　景区布局也很具特色。可归纳为三区、一廊、三带。三区,即为东区、西区和中区，各有不同的自然景观和人文遗址。

一廊，是指一条 50 米宽的多层式绿色景观长廊，它环绕整个保护区，由各种常绿乔木和灌木以及草本植物和水边植物等五个层次组合而成，真的是别具一格、美不胜收。

三带，即是紫金港路都市林阴风情带、沿山河滨水湿地景观带和五常港运河田园风光带。在这里，我们或乘游艇，或坐电瓶车，一路游赏览胜。并又观赏了景区的三堤十景，其中十景最诗情画意。这十景分别为秋芦飞雪、火柿映波、龙舟盛会、莲滩鹭影、洪园余韵、蒹葭泛月、渔村烟雨、曲水寻梅、高庄晨迹、河渚听曲。可惜龙舟盛会只看了景点，没有看到龙舟竞赛，据说要到端午节前后才能看到。至于曲水寻梅，我们虽寻到梅林，却也与梅花无缘，遂只得作罢。还有蒹葭泛月，也只能在心中领略一下了。

这次游览，大家都觉玩得很是尽兴惬意。虽时值初夏，阳光灼人，但因景区林木茂盛，江河纵横，大家竟一点儿也不觉炎热。只觉凉风习习，不由得游兴更盛。这里真是个游览消暑的好去处呀。

下午 2 点，我们便恋恋不舍地又乘上大巴，返回绍兴。

银杏林中"蝶"纷飞

　　退休后,我有个午后散步的习惯。每天总要在午休后去小区的河边散散步,看看四周景色,放松一下心情。

　　时值深秋,这几天,因北方冷空气南下,下了几天雨,呼啸的西北风也刮得我不敢外出散步,心里也觉得有点儿郁闷不舒。

　　今天,淅淅沥沥的雨总算停了,太阳也从云层里钻了出来,我的心情一下子舒展开朗起来。

　　午后,我便又去小区的河边散步。刚转过一个弯,忽然远远望见栽在河边小道两旁的那些银杏树四周,有许多金黄色的蝴蝶在飞舞,小路和周围的草坪上也有许多蝴蝶在那里休憩。怎么这里一下子竟来了这许多蝴蝶,看来足足有上千只之多?眼前这一奇景,忽然令我想起了云南澜沧江边的蝴蝶盛会,那可是天下奇观呀,怎么今天竟发生在了小区的银杏林中了呢?

　　我急急趋步向前。当走近时,我不禁哑然失笑了。这哪是什么蝴蝶,原来是被秋风染黄而吹落的片片银杏树叶呀。小路上和草坪上也都已铺满了金黄色的银杏落叶,那些尚挂在树枝上的残叶,在秋风的吹拂下,正纷纷扬扬地往下飘落。远远望去,恰似一群彩蝶在空中飞舞。难怪我当时心生疑虑,在这天气已经转冷,蝴蝶早已悄然绝迹之际，怎么会在这里相互追逐起舞呢。

眼前这幅银杏纷飞的深秋美景，我还是第一次看到，想不到竟有如此美妙，令我恍如步入了仙境一般。

这时，我不由得想起了漫山遍野的红枫。人说北京的香山红叶是天下奇景，远远望去，就似一团团熊熊燃烧的火焰，显示出它们旺盛的生命力。就连唐朝诗人杜牧也曾作诗赞叹："停车坐爱枫林晚，霜叶红于二月花。"

可如今，这些数不胜数的银杏叶，一点儿也不亚于那些红枫。你看，它们那独特的小扇状的树叶，被秋霜染成了金黄色，在秋风的吹拂下，像彩蝶般上下飞舞。我忽然想起一首描写银杏的诗："铺锦见知一寸丹，肯将金色洒故园。痴情仍恋钟情处，故遣黄蝶舞碧天。"当漫步在银杏的海洋之中时，你就会被这美丽景色深深吸引，乃至自己的整个身心也会融入那片片随风飘荡的树叶之中。

真的，那些红叶，只是供人观赏；可这些银杏，不仅能供人观赏，而且有更大的价值呢。银杏浑身都是宝，它的叶可以作为药材治疗心血管疾病；它的果实又叫白果，不但可供食用，还可以入药；它的树干，木质细密，既可用作雕刻，也可制作家具。

每当秋天到来之际，那些被秋霜染成金黄色的银杏叶，变成了满园的蝴蝶，把小区的河边一下子打扮成了个无比美丽的花园。

嘀，银杏树，你真的很美！

秋日冢斜访古

秋天的一个下午，我们来到了一个名为"冢斜"的古村。

古村位于绍兴南部山区，即柯桥区稽东镇东北部。那里既有禹妃的墓地，又是大禹三子罕的居住之地，颇有一番古朴的风情。村口立有一堵高约四米、宽二十余米的屏墙，上书"冢斜村"三个大字，青底金字，笔力雄浑，恰似一道巨大的屏风矗立在村口。转过屏墙，抬头就见村口一幢高大的古建筑，大门顶上悬一块大匾，上书"余氏宗祠"，大门右侧又竖着一块写有"冢斜村文化礼堂"的木牌子。

跨过高高的石门槛，步入文化礼堂，迎面便是一个古戏台。戏台建造考究，雕饰华丽，戏台上面置一翘翅型顶棚，气势恢宏，古朴。听村里人讲，每年农历十二月十六日，村民们便在此宗祠祭禹、演戏，村里人进进出出，十分热闹。此时，我耳边仿佛响起震天动地的锣鼓声，高高的戏台上正在演绎着各种历史人物故事，那唱腔、那水袖、那动作，都非常精彩。戏台下人头攒动，不时发出阵阵的掌声、喝彩声。还有小贩招徕顾客的吆喝声，小孩子的嚷嚷声，又组合成另一种令人难忘的乐曲，在这戏台四周久久回荡。

据记载，余氏宗祠建于清乾隆年间，坐北朝南，由前后两进和东西看楼组成。

穿过戏台向里便见余氏宗祠正屋,正中悬一块大匾,上书"明德堂"三个大字,黑底金字,十分醒目。步入堂屋内,正中挂一幅余氏始祖大禹画像,面容肃穆慈祥。左右两侧也悬挂有余氏列祖列宗的画像。

东西侧墙边还各有两块大石碑,东侧一块写有"姓氏迁徙"字样,上面记载:余氏始于夏禹三子罕。故而余氏系大禹后裔。大禹生三子,长子启,继承父姓姒;二子况,赐姓为顾;三子罕,赐姓为余。

另一块石碑上记载的是冢斜古村的历史沿革,上面介绍了冢斜古村的来历。其中有一段文字这样记载:"冢者大也,斜者宫人之坟也。"又传,上古时代禹妃墓在村子的斜对面,故名冢斜。另外,还记载了冢斜村从古到今的历史演变和沿革,十分详尽。

西面墙上也列有两块石碑,其上镌刻有冢斜村历代的功臣名士,他们有的曾在朝为官,治国安邦;有的是家乡名士乡贤,为家族、家乡的发展立下过汗马功劳。这些冢斜村的历史精英,人数众多,竟刻满了这两块石碑,一直来为家乡父老所传颂。

我们还有幸聆听了冢斜村党支部书记余茂法对村史的介绍。冢斜村域面积3.82平方公里,全村共有六个村民小组,256户,746人,村中余姓为大姓,约占80%;全村耕地418亩,茶园420亩,竹园500亩,山林4700余亩。2010年7月,冢斜村被批准为第五批中国历史文化名村。

冢斜村人文景观丰富,是大禹后裔的集聚村,又是禹妃墓葬之地,而且还是早期越国的初都。

余茂法书记还特别为我们介绍了礼堂西墙的那两块石碑。他说，冢斜村名人荟萃。其中，冢斜余氏先祖大禹，本支 37 世始祖及本支 69 世唐朝国子监博士余钦，本支 100 世明朝天启年间乙丑科状元余煌等众多官宦、乡贤，都镌刻在西侧墙上。墙上刻下的精英名字有数百人之多。大禹后代，名人辈出，为家乡、为绍兴都曾立下不朽功勋。

听完余书记的介绍，大家都被冢斜这个古村落深厚的文化底蕴所感染，也庆幸他们经历多次战火，仍能完好地保存下来，原汁原味地呈现在众人面前，为后代了解当年的文化历史提供了真实的资料。

从文化礼堂出来，抬首向四周远眺，但见，北有大龙山，西有象鼻山，南是轰溪山，可谓群峰拱围、高低错落。近前，又见小舜江北溪从古村西北向东北沿着象鼻山和轰溪山脚绕村而过。溪水蜿蜒，流水潺潺，村子靠山倚水，景色非常秀丽。我们一路踏着用无数块鹅卵石铺成的饼子路环村游览，仿佛又回到了过去。村民们在这条古村道上来来往往，脚下这些硌得外地人脚底生疼的大小鹅卵石，他们却能如履平地。小孩子光着脚，老太太脚穿着双箬壳草鞋，肩挑一担刚从山上割来的柴草一路健步如飞，丝毫不逊于青年男女。

放眼望去，青山绿水，整个村子处处都浸润于一股古朴沉静的韵味之中。村子四周山水环绕，村前是一片宽阔的农田，村民们正在田里劳作。河边有一个很大的风车，足足有五六米高，每个叶片有近两米长。我也是出生于农村，小时候因村里还没有电，在我们村口也曾见过这种风车，是用来给稻田灌水的。最开始是人力的水车，这水车有七八米长，里面用一块块活动的木板连接起来，水车安放于河岸边，一头浸入河中，另一头靠在岸上的田边，上面有一个转轴，转轴上又有可供两个人踩踏的踏脚。两边又各竖一根木杆，再用一根竹竿缚在两根木杆上，酷似跳高的架子。人们双手扒在这根竹竿上，双脚用力在下边的踏脚上踩，使水车转动，那些活动的木板就把河里的水拉到岸上，再送进田里。不断地踩踏，河里的水便源源不断地流入田里，成为一架人力抽水机。后来，人们利用风力替代人力，水车变成了风车。今天看到这些，我又回想起童年时村口的那架风车。

此时正值金秋时节，眼前是一片金黄色的稻田，秋风吹得稻浪滚滚、延绵不断，看来今年又是个丰收年。田间还有几个荷塘，塘中种植着莲藕，荷叶大部分都已枯萎，可以猜想到下面泥中的莲藕已经成熟，静静地等待人们前去采挖。那些种植着各种蔬菜的田地、菜园，令我又回想起久违的田园风光。村子东面还有一条小河，便是小舜江上游的北溪，那里可以漂流、垂钓。另外，村北的大龙山与村南的大片山林还隐藏着古道和一个个景点，是爬山休闲的好去处。

穿过村边田野，便是一排排民居、一条条弄堂。脚下的饼子路虽硌得我们脚底隐隐作痛，可丝毫没有影响游兴。穿过一条弄堂，迎面又是几间民居，大都是些平房，也有几间楼房，都是粉墙黛瓦，错落有致。虽然有些墙面因年代久远，石灰都已脱落而变得斑斑驳驳，但更显得古朴幽雅。不少民居前都有一个菜园，有用竹篱笆围着的，也有用砖块或石头叠起来围成的。园子里都种有蔬菜，有青菜、茄子、辣椒、南瓜，还有韭菜、大蒜、番薯、花生，还有生长在篱笆边的，一簇簇开着黄色花朵的野菊。平时要吃蔬菜，开门就是菜园子，喜欢吃什么，随时去菜园里摘取。这种自种自给的生活，不正是东晋诗人陶渊明笔下的田园生活吗？不也正是当今许多文人墨客所向往的吗？

　　冢斜村还有不少民居，建造地段很有特色。有的枕溪而建，白天可以倚窗凭栏，欣赏山溪两岸景色，看舟筏在溪水中来来往往，夜晚倾听流水潺潺；有的靠山而筑，白天可听松涛阵阵、鸟鸣啾啾，夜晚则静听虫鸣唧唧。

　　我们一路向前，抬首望去，村中还有许多年代久远的古建筑，最有名的是始建于唐贞元九年（793年）的永兴公祠，这是村里最古老的建筑，虽不十分高大，但非常古朴，距今已逾千年，期间虽经几次修缮，但不见破败，依然高高耸立于此，实属不易。还有始建于清朝乾隆庚辰午（1760年）的余氏宗祠，即位于村口的那幢文化礼堂，在古代建筑中也是别具一格。建于清代的高新屋台门、下新屋（八老爷）台门、上大院台门及民国期间建造的歪台门等，都是古代民居中的杰出建筑群。

　　除了这些建筑群，还有明清官员来冢斜祭典舜妃、禹妃和永兴神的驿站，以及建于清乾隆年间的古桥、古井、茶亭等，所有的建筑都透着一股浓浓的古朴气息，让我们好似进入了时光隧道。

　　冢斜这个古村落，真不愧为绍兴稽东的一颗璀璨明珠！

寻踪香林沐花雨

来了，来了！昨日还不见芳踪，今日终于姗姗而至！我们是在金桂飘香的季节去香林花雨的。

现今，香林花雨早已是柯岩风景区的一个景点，在整个景区一番改头换面的精心"打扮"后，这个游离于柯岩主景区的世外桃源式的自然美景更加亮丽，也吸引了更多的游客前去游览。

人还未到香林，一缕缕浓郁的清香已远远袭来，顿觉心旷神怡，我们不由得加快了脚步。步入香林，倏忽间，就已沐浴在花的海洋、香的世界之中，仿佛来到了蓬莱仙境。

这里桂树成林，每株桂树都有一抱多粗，有的须两三人才能合抱。这么粗的大桂树，树龄都有数百年、上千年，且有数百棵之多，堪称世上奇绝。尤其是那棵被誉为"江南第一桂花王"的千年桂树，高有 10 余米，树冠直径有 20 米左右，覆盖面积达 320 多平方米，实属罕见。称其为江南第一桂花树王，一点儿也不为过。真的是令人大开眼界，啧啧称奇。

坐在桂花林中，举目四顾，但见桂花林内树冠蔽日，点点阳光从树荫的缝隙中泻入，恰似撒下了满地星星，更给人们增添了一丝静谧和神秘之感。

坐在桂花树下小憩，品着刚从桂花树上摘下的桂花泡的香茗，觉得自己整个身子从内到外都洋溢着桂花的清香，真正体味到了沐在花雨中、乐在花雨中。

这时，我不由得想起了月宫中桂树下的吴刚。历来，人们都说他在那里孤独清寒。可如今，我却觉得吴刚在那里并不会觉得清冷，他定为自己能终身沐浴在桂花的清香之中而感到幸福呢。

香林景区除了体味大自然的杰作之美，还能体验陶渊明式的田园之乐。设在那里的欢乐农家乐园，立即又把我们引入农家的生活乐趣中，人们可以踩踩风车，摇摇纺车，看看农家婆的织布；还可以在田园里摘摘南瓜，收收丝瓜……我们仿佛又回到了儿时农村的田野之中，乐而忘返。

香林景区三面环山，山势层峦叠嶂，景区把宗教、民俗、农林等融为一体，确是个旅游、度假、休闲的好去处。乘着游兴，我们沿山拾级而上，游览了建筑在宝林山上的宝林禅寺。禅寺气象肃穆，隐蔽于丛林之中。趋步跨入寺内，一尊尊佛像高大端庄。在那声声木鱼、袅袅香烟之中，我仿佛感受到了佛家的禅机。

"清秋沐香林，静夜听花雨。"香林景区，正以它特有的美丽风姿，迎接四海客人、八方来宾前去享受这大自然赐予的秀丽佳景。

第三章 美景如画

鉴湖晨色

清晨，迎着熹微的霞光，我徜徉在鉴水湖畔。

这时，微风轻拂，垂柳翩翩舞动，两岸的青山倒映在湖水之中，交织成一幅绚丽的画卷。

抬首远眺，湖中弥漫着一层乳白色的薄雾，给湖面蒙上了一丝神秘的色彩。那些偶尔驶过的大小船只，在湖中时隐时现，恰似穿梭于云山雾海之中。有时，从湖中会传来"啪啪"之声，那是鱼儿跃出水面发出的声音。

不久，雾气渐浓，把船只都遮蔽了起来，两岸的树木庄稼也浸染在雾气的氤氲之中，我顿觉自己也仿佛在蓬莱仙境。

倏忽间，雾色中传来一阵阵欸乃之声。须臾，但见一叶小舟穿破重重雾气，从湖中徐徐驶来，那掌舵划桨之人正优哉游哉地轻哼着越剧的唱段，慢慢地向岸边靠拢，这是捕鱼归来的渔船。只见那一条条银白色的鱼儿在船舱中跳跃游动着，给人一种喜悦之感。听那渔人说，他在鉴湖中捕鱼已有十多个年头了，湖面宽阔水深，加上政府多年来对鉴湖水域的保护和治理，因此湖中的鱼虾比别的地方更为肥大鲜美，拿到市场上去卖常常是供不应求。

鉴湖这条绍兴的母亲河，用自己的乳汁孕育了两岸的庄稼，也滋养了两岸的人民。

就在这时,又有几叶渔船相继缓缓驶来。岸上,不知什么时候已聚集了十几个人。原来,他们都是来买鱼虾的,为了能挑到更好一点儿的鱼虾,等不及到集市上去,抢先来到岸边"先下手为强"。

太阳渐渐升高,湖面上的雾气便慢慢消散,恰似揭开了蒙在美女脸上的那层面纱。但见水面十分宽阔,碧波粼粼,在朝霞的映照下,反射出万千金光。湖中竖立着数十根竹竿,上面挂着张张渔网,那是渔场的网箱,里面养着鲢鱼、鳊鱼、鲫鱼等不同鱼种,以供随时捕捉。

远处,靠近对面湖岸处有一块块青绿色的植物漂浮在湖面,那便是村民们种植在湖里的红菱。每到夏季,菱蓬中便长出一只只长有四枚尖刺角的水红菱。因这鉴湖的水质特别清澈又富含多种矿物质,长出来的红菱肉质特别鲜美,是果蔬中的佳品,颇受人们青睐。

湖中,来来往往的船只渐渐多起来了,鉴湖也开始变得热闹起来,新的一天又开始了。

秋游沙家浜

金秋时节，我们乘车去位于江苏常熟的沙家浜景区旅游。

车到常熟已近中午，导游安排我们先去参观了全国的著名企业——隆力奇生产基地。那是家生产生活用品的大企业，从原料到成品全部采用一条龙的自动化生产线，使我们大开了眼界。

午饭后稍事休息，我们便游览了沙家浜。

提起沙家浜，眼前就立即浮现起了革命样板戏《沙家浜》的剧情，阿庆嫂智斗刁德一的场景常为人们津津乐道。

来到沙家浜入口处，抬头见景区正上方挂一块硕大匾额，上书"沙家浜"三个大字，红底金字，令人精神为之一振。

进入大门，前行不远，又见立有一块石碑，上面镌刻有"沙家浜"三字，由著名书法家叶飞书写，铁笔银钩，苍劲有力。

再往前走，一块大石碑上刻有"芦荡火种"四个大字。这令我想起《沙家浜》就是由沪剧《芦荡火种》改编而来的，当年我也曾观看过此剧。

很快，我们就进入了芦苇荡。但见芦苇茂密，有一人多高，密密层层，一眼望不到边，气势确实不凡。芦苇丛中江河交错纵横，四通八达，果然是个藏兵歼敌的好地方，难怪当年日本军队进入其中，被新四军打得丢盔弃甲、哭爹喊娘了。

穿过密密层层的芦苇荡，一路来到沙家浜小镇。这里有几间店面，"春来茶馆"豁然就在眼前，桌子凳子仍是旧式格调。茶室临河而设，坐在这里，既可品茶又可欣赏河对岸芦苇荡中的景色，确是一个休憩的好去处。

茶馆后面，便是灶头，灶面书有"七星灶"三字，灶台上放着五六把铜茶壶。"垒起七星灶，铜壶煮三江；摆开八仙桌，招待十六方……"阿庆嫂的那段唱腔好似在我的耳边回荡。

从"春来茶馆"出来，我们又来到街上，街面虽不大，但游客们来来往往，也颇热闹。前面见一戏台，正在演出京剧《沙家浜》片段，唱戏声和锣鼓声不绝于耳。

下午两点，我们又来到沙家浜剧场，看了一场《胡传魁招亲，新四军奇袭日本兵》的演出。剧场不设舞台，而是实地演出，更有一种真实感，观众们便都坐在对面阶梯式座位上观看。

演出十分精彩，观众们时而哈哈大笑，时而因剧情紧张而屏住了呼吸，大家都被剧情深深吸引住了。

看完演出，我们便乘车返回。这次游览，既给我们上了一堂生动的革命传统教育课，又让我们大饱了眼福，真可谓一举两得。

寻踪会稽说黄酒

绍兴山美、水美、人也美,绍兴的山和水不但养育了勤劳、能干的绍兴人,还为绍兴人民奉献出了丰富的物质资源,驰名中外的绍兴黄酒便是其中之一。

绍兴的山水造就了黄酒之乡的美名,绍兴老酒更是因其清香醇厚、回味无穷而享誉中外。

绍兴有句俗话,叫"绍兴老酒鉴湖水"。就是说绍兴酒之所以能驰誉中外,除了其独特的酿酒绝技,更应归功于得天独厚的鉴湖之水。而这鉴湖之水又有什么独特之处呢?绍兴还有句话,叫作"鉴湖之源会稽山"。没有会稽山就没有鉴湖水。为了揭开鉴湖之水与绍兴老酒之间的神秘面纱,市文联组织我们去会稽山寻踪溯源,于游览绍兴的青山绿水之中解开绍兴黄酒能驰名天下之谜。

我们一路沿着平水江若耶溪来到了会稽山麓,但见山峰苍翠起伏,重重叠叠,横亘数十里。山间小溪潺潺,两岸灌木茂盛,恰如宋代大文豪欧阳修在《醉翁亭记》中所描述的那样:"野芳发而幽香,佳木秀而繁阴。"好一派神仙境地。你看,这条小溪之上还有一座小桥,桥中间凿有"望仙桥"3个大字,难道古人曾在这里看到过神仙,故取此名吗?

据介绍，会稽山脉共有36条溪水，从东西分两路流入鉴湖。东路18条经若耶溪（平江水）流入，这里有一座横跨鉴湖的东跨湖桥，位于绍兴城西的偏门外；另一路18条经型塘江流入湖塘，这里也有一座横跨于鉴湖的西跨湖桥，桥边还竖有一块石碑，碑上记述了鉴湖的由来及建造此桥的年代。东西两座跨湖大桥之间便是鉴湖，全长30余里。这里的水特别甘甜清澈，用此水所酿之酒为上品。其余河流虽也属鉴湖水系，但已是支流，水质较为一般，所酿之酒品质便稍逊一筹了。曾听一位酿酒大师说过，水乃是酒中之"血"，有了这鉴湖水，才能酿制出闻名天下的绍兴黄酒。

据当地一位酒厂的老总介绍，会稽山36条大小溪水中含有各种矿物质，当流入鉴湖后，这些矿物质经过中和、沉淀，剔除了一些对人体有害的成分，这个过程便叫酿水。用这酿制过的水酿出的酒，就成了具有独特的口味，能滋补养生的佳酿了。这位酿酒大师还透露，用鉴湖水酿酒也有讲究的。鉴湖上游的水，矿物质太多，还没有完全中和；而鉴湖下游的水矿物质又太少，故取鉴湖中游的水酿酒最佳。取水更有学问，应取距水面一米以下的深水处的水，用这里的水酿制成的酒，才具有独特的口味，称得上是酒中之上品。如绍兴黄酒集团公司的古越龙山和东风酒厂的会稽山牌绍兴黄酒都取自这里的水。据说绍兴其他一些有名酒厂，不远几十里水路也要来这鉴湖中取水，才能酿制出优质黄酒。听到这里，有人不解地问，如今有些企业偷排污水，对鉴湖没水质有影响吗？这位酒厂的老总摇摇头笑着说："这个倒不用担心，市政府对鉴湖水系的保护一向都十分重视，两岸没有污染企业，就是那些生活污水也都纳入了排污管网，加上当下又开展五水共治，并实行河长负责管理制度，鉴湖水一直来没有被污染。你们看，这河水不是非常清澈嘛！"

我们把目光投向水中，果然见河水清澈见底，河底水草似丝带般随着水流飘动，偶尔还见有几条小鱼儿在水草丛中游弋，看那自由自在的样子，真想下去抓几条来呢。

最后，我们来到柯岩风景区古鉴湖景点葫芦醉岛。在这里，我们不但品尝了口味醇厚绵长的黄酒，还在魔幻影视厅观摩了绍兴黄酒独特的酿制过程。我们大开了眼界，也使我恍然悟出，为什么只有绍兴这地方才能酿制出真正的绍兴酒。因为，即使掌握了这独特的酿酒绝技，没有鉴湖之水，也是断然酿不出那名副其实的绍兴黄酒的。

采风归来，搦管沉思，绍兴酒与鉴湖水竟有这许多学问，这不正体现了我们绍兴的水文化和酒文化吗？古越绍兴，人杰地灵。黄酒文化，不也正像这悠悠鉴湖之水，源远流长！

杨柳青青

前几天，我出去散步，偶然间发现那些生长在河岸边的垂柳枝条似乎已泛出了青绿色。走近仔细察看，果然，那些软软下垂的枝条上已绽出许多嫩绿的新芽。我心中不由得一阵欣喜，呵，春天来了。

农历正月刚刚过去，严寒似乎尚未完全褪去，还是寒意料峭之时，可这些杨柳竟已抢先悄悄告诉我们，春天已经来了。

杨柳，是一种十分普通的落叶乔木。无论在公园、小区，还是田头、河边，随处都可看到它的倩影。它那倒垂的枝条，看起来是那样的柔软，似乎弱不禁风。可就在它这柔弱婀娜的外形里面，却有着一股坚韧不屈的意志。你看，春天的脚步才刚刚迈出了第一步，杨柳就顶着寒风，绽出了新芽。接着，其他的落叶树木才慢慢苏醒过来，地上的小草也才逐渐从泥土中探出头。然后，大地渐渐变绿，百花次第开放。

杨柳那婀娜多姿的身材，引来古今许多诗人墨客的赞赏。唐朝大诗人贺知章在他的《咏柳》诗中赞道："碧玉妆成一树高，万条垂下绿丝绦。"而李商隐更是把杨柳描绘得恰似翩翩起舞的仙子："娉婷小苑中，婀娜曲池东。朝佩皆垂地，仙衣尽带风。"

杨柳的外形美如仙子，内在意志竟又是那么坚韧，却很少有人歌之赞之。

杨柳，不但第一个迎来了春天，也最后一个告别冬天。

严寒到来之际，许多树木抵不住寒风的袭击，叶子迅速变黄，并纷纷落下。你看，水杉落下了针形的叶子；梧桐、白杨也染上了黄色，纷纷扬扬飘落到地面；接着，银杏也抵挡不住寒风，开始变黄落下……唯有柳树，却仍然傲然挺立在河边，依然那么苍翠碧绿、生机勃勃，似乎那严寒对它毫无作用。不是吗，直到冬至前后，杨柳的叶子才开始慢慢变黄，片片叶子直到大寒前后才完全脱落。

有句人人皆知的谚语："有心栽花花不开，无心插柳柳成荫。"这句谚语，正是对杨柳顽强生命力的最好写照。

杨柳，是第一个传递了春天信息的使者，又是最后一个告别冬天的强者。它柔美婀娜的外形中，却有着一股坚韧不屈的内在意志力，令人不由得肃然起敬！

最美家乡鉴湖水

在柯岩山麓、鉴湖岸边,有个叫仁让堰的乡村。鉴湖的一条名叫堰通河的支流从村子中间穿过,贯通南北;河东面的一条乡村公路——文明路又从鉴湖江畔向北延伸,与104国道相接,把仁让堰这个自然村一分为二,路的东边叫堰东,路的西边叫堰西,我家就住在堰东村。

家乡物产丰富,景色秀丽。春天,两岸盛开的油菜花像个画家似的把这里涂抹成一片金黄;夏天,碧绿的水稻秧苗把这里染得像一块硕大的翡翠似的;秋天,滚滚稻浪又给两岸人们送来了丰收的喜悦;最有趣味的要数冬天了,漫天飘舞的大雪把家乡打扮得粉妆玉琢一般。

家乡美,美在清澈甘甜的鉴湖之水。鉴湖一带素有鱼米之乡的美誉,这得益于鉴湖的水质。鉴湖水不但清澈甘甜,还含有多种有益的矿物质,加上政府对鉴湖的水质一直都十分重视,加强了对河两岸的监管,绝不允许企业把污水排入河中,尤其是这几年开展五水共治,水质更是清澈见底,还能看到河底的薀草和水中游弋嬉戏的鱼虾呢。用鉴湖水灌溉的稻田,谷子粒粒饱满,营养非常丰富;用鉴湖水养育的鱼虾,更是格外肥硕鲜美。

第三章 美景如画

早晨，东方刚刚露出鱼肚白，那些捕鱼人便早已划着渔舟，唱着越剧、绍兴大班或莲花落，在河中捕捞鱼虾了。这时，鉴湖刚从沉睡中醒来，湖面上弥漫着阵阵雾气，那一艘艘捕鱼的小舟好像在云雾中穿行，时隐时现，伴随着那阵阵渔歌和声声欸乃，恰似一幅"蓬莱仙境图"，美不胜收。

当太阳从东方冉冉升起之时，那些捕鱼的小舟便已满载而归，船舱中那些闪着银白色鳞光的鱼儿在水中游动、跳跃。岸边，早已有村民等候小舟的归来，争购那些活蹦乱跳的鱼虾。这里的鱼虾比在市场上卖的新鲜味美，虽然价格略比市场上贵些，可人们还为能抢到这些鱼虾而兴高采烈呢。

鉴湖的水不但养育了水中的鱼虾，更为酿造出驰名中外的绍兴黄酒立下了不朽的功勋。

绍兴黄酒能远销世界各地，与鉴湖水富含各种矿物质是分不开的。我国各地都分布有一些黄酒酿造厂，但没有一家能超越绍兴黄酒的。那些外地酒厂即使获得了绍兴黄酒的酿酒绝技，也酿造不出正宗绍兴口味的黄酒。

鉴湖水不但能酿造出甲天下的绍兴黄酒，还培育出了无数的酿酒大师，几乎全国各地的酒厂都有绍兴的酿酒师傅，生长在鉴湖两岸的绍兴人，更是都有一手酿酒的绝活。

每年立冬前后，晚稻已经进仓，家乡的村民几乎家家都开始酿酒。这时，村子里便飘散着阵阵酒香，人们见面的第一句话便是："你家酿了吗？酿了多少？"或"今年的酒可比往年好？"这段时间村民们都忙着酿酒，有酿几十斤的，也有酿几百斤甚至上千斤的；家里人口多、酒量又好的就多酿些，人口少的就少酿点。这里几乎不论男女，都会酿酒。即使少数人家不会酿的，村里的那些酒头脑也都会热情地前来帮你酿制。

酿好后，人们便都会留一部分新酒先在年内喝，其余的都灌装到酒坛里，密封起来。等到第二年春天，再倒出来过滤压榨，然后加上点焦糖着色，调成琥珀色黄酒，用火煎煮后再灌入酒坛，坛口封上泥头，再把这些酒藏起来，作为一年的饮用酒，或用来招待客人，或准备全家人慢慢喝。如果酿得多了，喝不完，人们便继续把那些酒封藏起来，过几年再打开泥封饮用。这便是陈酒，香味更为浓烈，口感更为甘醇绵厚。

过去，有村民在女儿出生时，把酿制的酒窖藏起来，等到女儿出嫁时拿出来招待客人。后来，人们便称此酒为女儿红。

如今，为了发展经济，虽然土地已被征用，村民们大多已经不种水稻了，可不少村民仍有酿酒的习惯，他们去买来百多或几百斤糯米，仍然自己动手酿制黄酒。他们觉得自己手工酿制的黄酒没有任何添加剂，口味更好，更为纯正，是真正的绿色食品，喝得放心。

鉴湖，为家乡人民带来了无限风光，家乡人民都为此感到无比的自豪。这几年，为使鉴湖变得更加美丽，政府又投入了大量资金，重新修砌两岸石勘，并在岸边种上许多花草树木，还建起了凉亭，摆上石桌石凳供大家休息。游人便可一边欣赏两岸美景，一边观赏河中鱼儿在水草中游来游去，互相追逐，非常惬意。这时，你还会发现，这清澈见底的湖水就像一面硕大的镜子，两岸的树木和你的身影都倒映在里面，真的有点似"人在岸上走，似在镜中游"了。

前几年，我们几个村进行城中村改造，堰东、堰西、丁巷3个相连的自然村整体拆迁。如今已在打桩建造了，相信两三年后，在这鉴湖岸边,我的家乡将以崭新的面貌出现在鉴湖江畔。到那时,一幢幢高楼将拔地而起,为鉴湖两岸增添新的色彩、新的活力。我们将居住在这村中之城、城中之村里,它既有乡村的美艳,也有城镇的雄伟。

美哉,鉴湖之水!壮哉,我的家乡!

"天上"的街市

"楼上楼下，电灯电话。"小时候，老师经常这样给我们描绘美好的未来。

电灯、电话，当时我们连听都没听说过。老师便告诉我们，电灯不用油只用电，只要一拉开关，就能把夜晚照得如同白天一般亮堂；电话就更神奇了，有人在千里以外说的话你也能听得清清楚楚，就像在眼前一样。

当时，我们每个孩子都被老师这神话般的描述迷住了，纷纷问老师，什么时候能够实现这个梦想？老师说，不久的将来这个美景就能实现了。

可那时，中华人民共和国刚成立不久，国家还一穷二白。但从此，我们的心底都燃起了一丝希望的火焰，热切地盼望着这个梦想能早日到来。

也不知过了多少时间。有一天，我们忽然发现学校前面的田野上竖起了一根根木头，上面还拉上了铁丝。我们便都跑过去看稀奇。那些叔叔告诉我们，他们是在拉广播线，给我们村里装有线广播。我们问叔叔，广播是什么东西，有啥用？叔叔告诉我们，广播是一个会说话、会唱戏的木匣子。我们听了都觉得十分新奇，怎么木头匣子能唱戏,这不成宝物了吗?

几天后,村西庙里的戏台上果然装了只木匣子。那天傍晚,村子里的老老小小像过节似的,纷纷来到了庙里,大家聚在一起听广播,台上台下都挤满了人。天还没黑,广播果然响了。先是一阵悠扬的音乐,然后只听一个女子说了阵话,接着就唱起戏来。那天,记得是唱绍剧《薛刚反唐·打太庙》,那高亢雄浑的唱腔在戏台上空回荡,大家听得如痴如醉。那天的印象令人特别难忘,直到现在回想起来还似在眼前。此后,每到傍晚,村民们都聚在戏台,听广播里唱戏,我和小伙伴们更是每晚必到。直到几年后,家家都装上了广播,大家才不再去庙里听戏了。

记得就在我初中毕业的那一年,我们村里又拉进了电线,家家户户都装上了电灯,那天,我家像过年似的高兴。还没等天黑,我就迫不及待地拉亮了电灯。顿时,整间屋里都变得亮堂堂的,似白天一般,我兴奋得欢呼起来。

不久,公社里又装上了电话,还专门造了间电话房,成为与县、区、村之间的通信桥梁。村民们如果有事要与远方的亲戚朋友通话,就可去电话房打电话。

到了20世纪80年代,改革开放大潮席卷全国,经济飞速发展,我们乡村又建起了公路,村村镇镇也都办起了工厂。不久,中国轻纺城在柯桥崛起,纺织厂更是如雨后春笋般兴起。村民们纷纷放下锄头走进了工厂,当起了工人。那些田地反正有拖拉机、收割机,劳动率已大大提高,花不了多少时间。

随着收入逐步提高,村民们渐渐富裕起来了。到了20世纪80年代末90年代初,村民们先后拆了旧屋建起了新楼房。不久,我家也建起了两间三层楼房,还装了电话机,买来了电视机和洗衣机等家电，真正实现了"楼上楼下，电灯电话"的美好梦想。

几年后，孩子结婚时，我们把房子装修一新，又去买了台29英寸的索尼大彩电和一套5.1声道家庭影院，坐在家里就能欣赏中外大片，十分惬意。这更是远非当年"楼上楼下，电灯电话"所能想象的了。

如今，在我们家乡，放眼望去，厂房林立，高楼连片，别墅幢幢；条条公路纵横交错，公交车开到了家门口，出门办事十分方便。村民们的家里，彩电、冰箱、空调、洗衣机等更是样样齐全。有几家客厅里摆的还是四十几英寸的液晶平板高清大彩电呢。过去的自行车，如今已是"鸟枪换大炮"了，都换成了电瓶车、摩托车，好些人家还买了轿车，出门办事更比以前方便了。村子与村子、乡村与城镇的距离拉得更近了，那城镇好似就在村子旁边，不，如今的乡村几乎已变成城镇了。

你看，出门就是马路，马路两边是摆有各类商品的店铺，高音喇叭里发出的叫卖声此起彼伏；农贸市场里更是热闹万分，鸡鸭鱼肉、山珍海味、蔬菜瓜果应有尽有，任你挑选；马路上车流、人流来来往往熙熙攘攘。每到傍晚，马路两旁华灯齐放，与家家店铺外面各种形状的霓虹灯交相辉映，恰似天上的点点繁星。

这时，我忽然想起了我国著名作家郭沫若老先生《天上的街市》那首诗："远远的街灯明了，好像闪着无数的明星。天上的明星现了，好像点着无数的街灯……"而展现在眼前的不正是诗中所描述的那美丽景象吗？我们就生活在这仙境般的美好世界之中。

回想孩提时，老师给我们描述的"楼上楼下，电灯电话"的美景，曾给我们的少年时代带来了多少的向往和憧憬。如今，仅仅半个多世纪的岁月，我们不仅实现了这一美好的愿望，而且已远远超出了"电灯、电话"的现实。这一切,如果没有中国共产党的正确领导,没有改革开放政策的落实和推进,祖国怎会有如此迅速的飞跃发展,人民生活怎会有如此巨大的变化呢。

长城行

　　汽车经清河、昌平等镇，出南口，又沿着曲折的山路蜿蜒行驶。远望重峦叠嶂，气势浩然，心中也不由得激动起来。不久，就看到"居庸关"三个大字，车子便停了下来。我们下车稍做停留，绕着居庸关转了一圈，并拍了些照片。

　　居庸关，地处山谷之中。但见两旁高峰矗立，是万里长城的重要关口。据传，秦始皇修筑长城时，曾"徙居庸徒"于此，遂得居庸关之名。我望着远处蜿蜒起伏、斗折蛇行的长城，心想："没这些庸徒，哪来如此有气势的建筑，这分明是中华民族之魂啊！"是的，正是这些庸徒，建造了举世闻名的巍峨长城。这时，我又忽然想起了孟姜女哭长城的故事，这逶迤巍峨的长城，不正是成千上万的"庸徒"用他们的血肉铸成的吗！

　　游览了居庸关，我们又重新上车前行。转过几道坡，绕过几个弯，车子便来到了八达岭长城脚下。

　　我们从北坡拾级登长城，长城依山而筑，坡度极大，越向上走就越感困难，尤其八达岭顶峰更是需翻越好几个山坡。

　　当天，我正患感冒，且心脏本来就不太好，本打算登上长城，看一看周围景色便作罢。不料，同事们却纷纷怂恿我一起攀登。正犹豫间，老宋一把抢过我的背包。"来，不要看最高处，看着前面那个山顶，总能上去吧?"

这还不成问题，我想。就鼓鼓勇气，扶着城垛一步步拾级而上。不一会儿，就攀上了那山坡，我不由得信心大增。接着，又攀上了两个较陡的山坡。

前面那坡更陡了，两旁还有栏杆，想是为攀登者设置的。踌躇间，老何已一鼓作气登了上去，回身举起相机对我喊："老沈，快上来，上面景色最佳，照一张吧!"

"好，上就上!"我抖擞精神，与大家一起缓缓攀登。

登上陡坡，抬头仰望，前面已是八达岭顶峰——好汉坡。这坡既长又陡，能登上那坡，可真不愧好汉之称。这时，我发现人群中有两位皓首老人，相互搀扶着，亦步亦趋，且看且行。我汗颜了，难道还不如这两位耄耋老人吗?于是，鼓起劲来，与同伴们边谈边登。猛然前面伸来一双大手，拉住了我，我抬头见是老何："来，到了!"在大家鼓励帮助下，我终于登上了八达岭巅峰。

踏上城楼高处，倚墙远眺，但见长城似一条长龙，依山势高低向远处蜿蜒伸展，忽起忽落，感受果然与山下大不相同，只觉姿态万千，蔚为壮观。

这时，我忽然想起毛泽东的那句诗："不到长城非好汉!"也真正体会到了诗中的寓意。

窗外,有一片绿

陋室窗外的院子旁边,长着几棵水杉树,已有碗口般粗,二丈来高。高大的树干,浓密的树荫把大半个院子都遮住了。妻子便常常抱怨,这些树荫挡住了阳光。每到秋风萧瑟时,那些针形小叶便纷纷扬扬地从树上飘落下来,弄得院子的水泥地上满是落叶,每天都能扫出半簸箕。更为甚者,因这几棵树长得高大,已超过了3楼屋顶,因此飘落在屋顶的树叶越积越多,把瓦间的流水沟缝也填满了。一下雨,水不能顺着瓦沟往下流,只得往屋里钻。于是,屋顶四处便往屋内漏水。每每外面一下大雨,屋子里也便"滴滴答答"下起小雨来。

然而,这几棵绿树也给我增添了许多情趣。有了这些绿荫,便引来了蝴蝶、蜜蜂、麻雀、黄莺、画眉和一些不知名的昆虫和小鸟,在这绿色的世界里嬉戏、歌唱,叽叽喳喳地好不热闹。这番景象正应了唐代著名诗人杜甫《江畔独步寻花》中"留连戏蝶时时舞,自在娇莺恰恰啼"之句,岂不美哉。

工作之余,我常喜坐在窗口的写字台前,泡一杯清茶,或看书,或写作。当看书疲倦时,我便抬首望望窗外的那片绿色,休息片刻,不觉倦意渐消;当爬格子思绪枯竭时,我竖耳聆听窗外小鸟在绿树丛中的阵阵鸣叫,那婉转悦耳的鸣叫声,犹如一曲曲优美动听的浪漫乐曲,顿觉文思如潮,从笔尖滚滚而来。

每到夜晚,微风吹拂绿树发出有节奏的"沙沙"声,犹如彼此间相互倾诉的喃喃细语,又似母亲对孩子吟唱的催眠曲,伴我很快进入梦乡;清晨,树上小鸟的鸣唱声又轻轻把我从睡梦中唤醒,催我起床。走出门外,伸一伸腰,吸几口充满绿意的新鲜空气,顿觉神清气爽,精神百倍。

倏忽间,我领悟到了一个真谛,世间每一种事物都有它的短处和长处。这就如我们每个人,一样都有缺点,也都有优点。所不同的是,缺点多还是优点多。

初夏游桃山

傍晚，孩子下班回来，顺便在超市买了袋刚上市的桃子，忽然使我回想起当年去表哥家游桃山、摘桃子的情景。

那是改革开放后不久的一个初夏，也正是桃熟时节，表哥打电话来邀我去他那里游山吃桃。第二天一早，我就带着两个孩子兴冲冲地乘车来到了表哥家。表哥家住在一依山傍水的小山村，那里山林资源十分丰富。改革开放后，村民们充分利用山地，种桃植梨，生活渐渐富裕起来了。

表哥全家盛情地招待我们。稍事休息后，表哥就陪着我们登上了桃山。

转过山弯，穿过树丛，前面便豁然开朗。

只见满山都是桃林，树上结满了硕大的桃子，把枝头也压得低低的。那一颗颗青中透红、令人馋涎欲滴的桃子衬在青枝绿叶之中，煞是好看。我想起东晋诗人陶渊明的名句："夹岸数百步，中无杂树，芳草鲜美，落英缤纷。"眼前不就真的来到了文中描述的桃花源吗？虽然这里已没有缤纷的落英，却有累累硕果。

"啊，这么多桃子呀，真好玩！"两个孩子欢呼一声，飞快地向桃树跑去，争着要摘桃。

第三章 美景如画

我也童心大发，与孩子们欢乐地跑到桃树下。表哥边笑边说："拣大的摘。"说完跃身攀上树去采摘。

我点点头，学着表哥的样子爬上树枝，挑熟透的大桃采摘。难怪孩子们要惊呼了，我也是第一次见到这么大片的桃林。桃子真的很多，一个小小枝丫上竟密密匝匝地结了十几个。我和孩子们便急不可耐地各摘了个又大又红的桃子，我用衣襟一揩就往嘴里塞。一口咬下，但觉满嘴桃汁四溢，又甜又香。孩子们也边大口吃着桃子边说："真甜呀！"看着这些结满了枝头的桃子，觉得那么有趣诱人。征得表哥的同意后，便连枝带叶地折了两枝，准备带回去插在花瓶里慢慢欣赏。

孩子笑着朝我说："爸爸，你真像西游记中的孙悟空在蟠桃园里偷摘仙桃呀！"逗得我和表哥哈哈大笑。

孩子的话不由得使我想起了唐朝大诗人李白那首《庭前晚花开》的诗来："西王母桃种我家，三千阳春始一花。结实苦迟为人笑，攀枝唧唧长咨嗟。"那王母娘娘的桃树需三千年才能开花结果，我表哥的桃树却能每年开花结果，而且又大又甜，有过之而无不及呀！

我边摘桃边问表哥，每株桃能产多少，怎么管理这些桃树。表哥告诉我，桃树栽下还只三五年，不大。像这么大的树，一般每株能产三四十斤，多的也只能产五六十斤。他又对我说：要多产桃，平时管理很重要，秋天要整枝，冬天要施肥，平时经常要喷药。桃树最怕的是钻心虫，且又不易发觉，稍不留意，树就会被钻心虫咬得慢慢枯死。"你看，"他指着十几步远的一株桃树说，"这株树已有钻心虫，又得治了。"我顺着他指的方向过去仔细一看，果然见树身上有一个极小的洞，树下有一大堆木屑，想是被虫咬下来的。

我看看结满累累硕果的桃树,又看看表哥,心想,这里也有很多学问啊。以前只知道桃子好吃,却不知培植者付出了多少辛勤的汗水!

这次桃山之游,使我尽情地领略了仙境般的桃林风光,也使我明白了陶渊明所向往的那种桃花源式的美好生活,只有在我们社会主义祖国、在党的经济政策的推动下才能成为现实啊!

稽东行

早就听说绍兴南部稽东山区有许多景点值得一游,如平阳寺、红豆仙霞景区和冢斜古村等,其中平阳寺和红豆仙霞景区尤值一游。平阳寺是佛教圣地,已有数百年历史;仙霞景区虽开发不久,却也山清水秀,峰险景奇,十分诱人。一直都想去看一看,这次退休教师协会组织我们前去游览,总算遂了我的这个心愿。

那天,我们分乘两辆大巴,一路向南部山区驰去。

大约1小时,便来到了平阳寺。此寺位于平水镇若耶溪边。我们从车上下来,平阳寺就立刻展现在我们眼前。但见寺庙坐落在一处十分幽静的山谷之中,倚山而筑,虽不巍峨,却也气势不凡。寺庙前右侧立着一块一米多高石碑,石碑下镇着一只石雕赑屃,据说此为镇寺神龟。石碑上刻着平阳寺的建造历史及一些典故。

步入平阳寺大门,迎门便是大雄宝殿,气势恢宏。右边是财神殿,左边有藏经阁及另外几个景点。据说寺后面还有几个景点,因当时正在修葺,用竹篱和网拦着,不能进去。

据记载,平阳寺始建于清初,后因大部分毁于战火,故于2006年扩建重修。相传,清顺治帝出家后便常隐居于此寺,并置吸尘珠于藏经阁内,故历经三百余年而不染尘埃,堪称奇绝。

平阳寺内，相传还藏有为顺治帝说法的那位高僧弘觉禅师血书而成的《法华经》，和康熙帝赠予弘觉禅师的田黄钵和千佛袈裟，被称为"平阳三宝"。

如今，平阳寺经多年修缮扩建，再次焕发出新生。寺内现建有无尘非尘、福聚平安、平阳晚钟、金桂贺寿、四代福荫、铃风佛晓、皓月禅心、鸽舞佛礼等八个著名景点。

从大雄宝殿出来，右边便是财神殿。此殿圆筒形，共有三层，呈宝塔状，外形酷似北京的天坛。大门两侧，竖一副对联，很是值得玩味。上联是"富而可求求人不如求己"，下联为"物惟其有有德自然有财"，上面横批是"善因福果"。蕴含哲理，发人深省。藏经阁内，真的是一尘不染，令人啧啧称奇。

因寺内正在修建，我们不能一一游览，只好恋恋不舍地出来，再次登车向另一个景点——红豆仙霞景区出发。

景区是个红豆杉种植基地，是集旅游观光和药材开发于一体的2A级景区，位于稽东镇龙东村。

其实，景区就是龙东山域的整座大山，山高岭陡，大巴车沿着弯弯曲曲的盘山公路蜿蜒向上爬行。公路不宽，仅供两辆车子行驶，右边是山壁，左边便是悬崖，十分险峻。车子一路沿着"S"形的山路缓缓向前驶去。渐渐地，车子越来越向上了。从车窗向外望去，只见山林和村子都在脚下，还能看到刚才上来的盘山公路，我们的车子就似在空中行驶，看得人脚底发痒，头皮发麻。有人戏称，我们像是乘在飞机上，已在半空中了。车子越向上开，山路越是陡峭，有时一个急转弯，脚下便是悬崖。一路向上，山坡上还看到一些村子星星点点洒落在那里，有一两幢房子一个村落的，也有七八幢房子一个村落的，村子都不大，最大的也不过十几幢房子而已,但都已建成了现代新式楼房。可见,山村村民也都已富起来了,他们出门有汽车、摩托车等代步交通工具了。即使生活在深山之中,也并没与外界隔绝。

据导游介绍,龙东山脉的红豆仙霞景区,整座山都种植着红豆杉,密密层层。景区面积有5300多亩,而种植的红豆杉就有4990亩之多。其红豆杉多达50万株,真的是个红豆杉的聚集之地,也是国家级2A景区。红豆杉不但能供游客观赏,还有药用功效。听那里人说,红豆杉果实价值每斤达2000多元,还远销美国、加拿大等国。

汽车在曲折的山路上足足行驶了大半个钟头,来到一处宽广处,便停了下来。我们见那里还建有几间房屋,便都以为到山上景点了,下车后才知还没有到。进入一座礼堂,里面很是宽敞,还摆着很多桌凳,我们便纷纷找位置坐下休息。那里的工作人员热情地给我们送上茶水,介绍景区情况。原来这里是景区的一个招待所,游客们可在这里休息、喝茶,还可以吃饭、住宿。我们休息了20多分钟,便又上车向山上前行,山越来越陡峭,路也越来越险峻。车子慢慢地向前行驶,我们不由得屏住了呼吸。

又行驶了30多分钟,才终于到达了景区山顶。那是一个很大的、用水泥铸成的景观平台,有500多米长,七八十米宽,前面还建有一个停机坪,供直升机起降。站在山峰之上,群山尽收眼底,但见脚下云雾缭绕,山峰时现时隐,倏忽间,我们好似正站在神话中的南天门前。这时,山风吹来,大有飘飘欲仙之感。低头向山下望去,只见密密层层的都是红豆杉树;近处那些红豆杉的枝叶之中,或隐或现有点点红色的东西,上前仔细察看,原来是红豆杉果实。果实有念珠大小,呈鲜红色。摘一粒放到嘴里,微苦,略带一丝酸甜。这时，大家都忙着拍照、摄像留念。这里确实是个旅游休闲的好去处，更是清晨观看日出的胜地。

　　听导游介绍，景区不但有大片的红豆杉供游客观赏，还有大寨遗风、游龙曲径、南风听竹、碧水龙地等10多个景点可以游览。但因已近中午12点，时间实在太仓促了，我们只得匆匆转了一圈，又拍了个集体照后，便恋恋不舍地下山来。

新未庄

走近绍兴，犹如翻开了一部厚重的线装书；走进新未庄，恰似看到了一幅绍兴文化的缩影。

新未庄坐落于绍兴县（今柯桥区）中国轻纺城南端，国家4A级旅游景点——柯岩风景区的东面，两者隔路相望，相映成趣。往南百步之遥，便是素有"绍兴水文化灵魂"之称的鉴湖。

江南风情看绍兴，绍兴风情看未庄。新未庄堪称江南民居的经典。走进新未庄，似已走进了整个绍兴，里面既有平坦的马路，又有农村的幽静气氛，似蕴含着一轴民俗风情画卷。放眼望去，但见雨巷深深，小河潺潺，乌篷悠悠，桨声欸乃，岸柳轻拂，一河两街，乡野街情全在这新未庄之中。

沿着平坦宽阔的青石板大道走进新未庄时，庄内屋舍俨然，小桥流水，粉墙黛瓦，每幢新房两旁均有高高的马头墙，村中的亭台水榭独具匠心。庄门口右侧竖有一个用数块大青石堆砌而成的高大石柱，上书"新未庄"三字，铁画银钩，苍劲有力。在左侧相隔数步，又有一块大石碑，上面镌刻有"柯岩新未庄落成碑记"。现抄录于此："归去来兮。失落的鉴湖才从草丛间找回，新的未庄又拔地而起。曾几何时，'苍黄的天底下，远近横着几个萧索的荒村，没有一些活气。'放眼今朝，物阜民丰，广厦绵绵。一个世纪，翻天覆地。归去来兮。古越文化源远流长，江南民居，自成一体，新未庄鉴古而为今，推陈以出新。粉墙黛瓦，层台高耸，小桥连曲径，台门通人家；门纳鉴湖，窗含柯岩。木欣欣以向荣，水涓涓而长流。冠名未庄，意在永恒，归去来兮，稽山巍巍，鉴水瞻瞻。先生说：'希望是本无所谓有，无所谓无的。这正如地上的路，走的人多了，也便成了路。'愿我们创造新的生活，走出新的路。是为记。"碑文诠释了新未庄蕴含的古越文化之路，指出了新未庄今后发展的前景，含义深刻，回味无穷，令人深思。

步入其中，呈现在眼前的是一幅江南民俗的风情画。一幢幢整齐的民居拔地而起，那黑、白、灰的色调，正是江南民居凝重的色彩。房子，一排排整齐排列着，却并不是整排联结在一起，中间各有小径相隔。每幢也各不相同，或三间一幢，或五间一幢；或二层，或三层，虽整齐而不呆板，虽参差而又有规律，整个布局错落有致，严肃活泼，分明是一幢幢新式的别墅。每幢间均有青石板铺成的小巷和大道，纵横交错，四通八达。每家房前屋后，都是不用砖墙砌隔相互联通的庭院。庭院内或是草坪，或是花坛，草坪内一片碧绿，花坛里各种花儿争妍怒放、五彩缤纷。无论站在何处，都似置身于仙境中。

这就是记忆中的江南呀！看，粉墙黛瓦，草长莺飞，野芳遍地，还有那亭台廊榭。庭院间曲径通幽，民居边竹苞松茂，这不正是古书中描绘的古代大户人家的园林庭院吗？可这却是实实在在的新未庄。整个新未庄，就是一座庞大美丽的公园，新未庄的村民们就居住在这公园般的庄子里。

水，是绍兴文化的灵魂，新未庄的水更是别具一格。抬眼望去，似一条清澈的水流环庄萦绕，庄内又有数条小河井字形交错纵横。河水清澈，潺潺流动，汇入相距百米的鉴湖之中。水流荡漾，流过昨天，流到了今天，又流向美好的明天。潺潺的环庄河，在新未庄人家的窗前流过，清澈灵动，流光溢彩。河两岸用大块青石砌成，上面又铺上青石板。沿河还设有码头、河埠，供村民停船洗涤之用。河两岸垂柳飘拂，站在河边，只觉带着水气的微风扑面而来，沁人心脾，顿觉神清气爽。

有河必须有桥，桥是水乡的特色，也是绍兴的一道风景。绍兴素有桥乡之称，绍兴城乡古桥就不少于五千座，正所谓："垂虹玉带门前事，万古名桥出越都。"这碧水涟漪的未庄环庄河上，亦是桥桥相连，不下数十座。这些形态不一的石拱桥，虽没有古鉴湖畔用石桥连成的古纤道悠长厚重，也没有动人的历史典故，却也构成了一幅小桥、流水、人家的水乡画图。

走上石拱桥，桥下流水不息，乌篷船从桥下悠悠驶过，那声声欸乃，绵绵悦耳。"轻舟八尺，乌篷三扇"，好一副闲情逸致。

有人把绍兴比作中国的威尼斯。确实，绍兴是"三山万户巷盘曲，石桥千街水纵横"，未庄就是绍兴的缩影。

清晨，朝雾中，渔人驾着轻舟，船桨击碎了平静的水面，打破了晨的宁静，好一幅水乡晨景图；傍晚，小船又在落日的余晖中，缓缓向岸边驶来，"桨声灯影入梦里，青山秀水伴枕眠"。

新未庄确实是个好地方。无论你处于新未庄何处，举目间，柯岩景区的苍翠秀丽便迎面扑入你的眼睛，同时，又与掩映着的幢幢新居，相互映衬成景。如果说新未庄是柯岩的景中村，那柯岩又何尝不是新未庄的村中景呢？远远望去，满眼都是碧波起伏的麦浪和频频摇曳的油菜花，这更增添了江南田园的风姿和韵味。

第四章

难忘乡愁

家乡的小木船

我的家乡在鉴湖河边。那里江河纵横,水上交通尤为方便。回想几十年前,那时,乡村的交通工具唯有木船。人们若要出门,大都乘船。悠哉游哉,倒也别有一番情趣,那是乘车者万万体会不到的。

我的外婆家在二十里外的一个依山傍水的小村庄。平时很少去,唯有每年春节,我们全家都要雇船去做客。当时的情景到如今还历历在目。

早在年底,我和妹妹便都在掰着手指数日子了,盼望快点过年,可乘船去外婆家。

正月初二、初三,我家便雇一条小木船,船舱里铺一层薄板,上面再放一令草席,我和妹妹脱了鞋子随大人下到船中,或躺或坐。一路上,听着船底潺潺流水声,听着船尾声声欸乃,看着青山树木映在水中的倒影,看着鉴湖两岸葱茏碧绿的油菜、麦苗缓缓向后退去,只觉整个身心好似已经融化在大自然的怀抱之中。

当小木船驶入水面长有睡莲的小河时,我们便把手伸进水中去捞睡莲。这时,母亲一面叫我们当心,一面也很有兴致地帮我们采捞。有些睡莲还开着橘黄色的小花,美丽极了。

第四章 难忘乡愁

有时,小般驶过拦鱼的箔门,船身与箔门摩擦发出的"哗哗哗"声,惊得水中游鱼跃出水面。一次,一尾二斤多重的大白条鱼一下跃进我们的小船中,我和妹妹高兴得扑上去把鱼摁住,颠得小船晃荡起来。母亲便大声地制止:"别动得太厉害,小船会翻的。快把鱼放回水里,抓不得。"我和妹妹奇怪地问:"这么大的鱼自个送上门来,为啥不要?"旁边的奶奶便告诉我们,出门要讨吉利,抓了鱼就会有晦气的。可我们还是不解,这么大的一条鱼送上门来就是运气嘛,怎么反而会是晦气呢?奶奶说,这是老一辈这么讲下来的。老一辈的话似乎是不会错的,我们只得把鱼又放回了水里。

小木船继续缓缓向前驶去,船头激起朵朵浪花,也给我的童年留下了一段美好的回忆。

如今,村村都通了公路,公交车也进了村。人们出门,或乘车或骑车,再也不屑乘坐木船,嫌船走得太慢。只是,我对家乡的小木船仍有一种深深的、特殊的感情。

酒香飘

绍兴是黄酒之乡,也是酿酒之乡。

绍兴酒能闻名天下,归功于得天独厚的鉴湖水,也与绍兴人的酿酒绝技是分不开的,两者缺一不可。

绍兴人善于酿酒,鉴水两岸的绍兴人更是几乎人人都有一手酿酒的手艺。遍布于全国各地酒厂的酿酒师傅,极大部分是绍兴人,而这些绍兴人中又数生长于鉴水江畔的为最多。鉴湖水酿出了驰名天下的美酒,也造就了身怀酿酒绝技的酿酒大师。

在我们绍兴乡下,差不多家家都要自酿米酒,多的一家要酿数百斤,甚至上千斤;少的也要酿数十斤,以备平时饮用或招待客人。

绍兴人的酿酒绝技在于选料的讲究,酿制过程的独特。

选料,是指酿酒的原料大米和发酵用的酒药。大米一定要选用当年的糯米,不能用隔年的陈米,也不能用晚米(即粳米)代替。晚米虽也能酿酒,但酿制出来的酒,酒味远不如用糯米酿的酒醇厚鲜美。酒药是酿酒的重要一关,虽然一些店里也能买到,但不保险,常有假冒伪劣之货。从酒厂里带回来的酒药为最优。这些酒药都是酿酒师傅亲自制作,把关很严。

酿制过程，包括蒸饭、拌药、发酵、开耙。其中，开耙是酿酒好坏的关键，技术要求很严。耙开早了酒会有甜味，时间一长酒容易变酸；耙开迟了酒也会发酸。这全靠酿酒师摸和尝来决定，一般人很难把握。

立冬一过，晚稻进仓，便又到了酿酒之时。

那段时间酿酒师傅最忙，忙完了这家又去忙那家。但一个村子数百户人家，光靠那几个酿酒师傅又怎么忙得过来？况且，这段时间酒厂里也正忙着酿酒，那些壮年的酿酒师傅都被各地酒厂聘去了，剩下一些老弱的酿酒师傅更显得力不从心。于是，人们都学着自己酿制，偶尔遇到发酵不正常或酒味变酸时，才请那些有经验的酿酒师傅来补救。久之，人们便都有一手酿酒的手艺了。当然，人们酿了好酒，仍要请酿酒师傅前去品评，师傅们也总是欣然从命。你看他伸出两指，在酒缸中一蘸，又放到口中"啧啧"咂巴几下，然后笑眯眯地说："阿水哥，你家的老酒今年酿得这么好，可要交好运哉。"主人听了高兴，嘿嘿地笑着，从酒缸里舀出一大碗酒来邀酿酒师傅同酌，酿酒师傅也不推辞，爽快地坐下，与主人斟酌起来，一边谈些今年的收成、农村经济之类的话。

那段时间，家家都溢满了酒香，村里处处酒香弥漫。人们见面的话题便是："酿了吗？""酿了。""酿了几缸？""两缸。""第二批了吗？""不，第三批了，还打算再酿一批呢。你家也酿了？""嘿嘿，早酿了。"

接着，村民们便把酿好的酒只留一小部分（这些留下的叫新酒）供自己年内喝，大部分连同酒糟都灌装到一只只酒坛里，然后把坛口用纸包起来，堆放在屋檐的廊下，这便叫带糟，让其继续发酵。

217

第二年春天，村民们便把那些堆在屋檐下的带糟倒出来过滤压榨，加上焦糖使酒成为琥珀色，然后再经煎煮灌装入坛，并用黄泥封上坛口，便成为名副其实的绍兴黄酒了。那些酒酿得多的人家，又把过滤剩下的酒糟，再蒸馏加工成白酒，这便是糟烧。这种自制的白酒香味浓郁，口感极佳，比那茅台、五粮液也差不了多少呢！

现在，立春早过，春天将近，家乡便又到了煎酒灌坛之时，村子里也将到处飘散起酒的香味。

哦，酒乡处处酒香飘呀！

趣说家乡"四只缸"

上 篇

前段时间,市电视台的一位文友联系我,问我们村有没有一些老手艺人。我回答她,村里好像已没有啥老手艺人了,不过倒有不少修缸补甏和酿酒师傅,我自己年轻时也曾去修过缸、补过甏。这下立即引起了她的兴趣,要我发几张修补过的缸和坛的照片给她。我迟疑地回答她,现在农村因城中村改造,老屋都已拆迁,这些缸和坛恐怕很难找了。不过,我还是答应替她去找一下。

果然不出我所料,我问了几个亲戚朋友,都说哪里还有缸和坛呀,早都已丢弃了。于是,我只好在微信群中向朋友求助。结果也都纷纷回复说没有了。正当我失望之时,忽有一位朋友给我发来了几张照片,我不由得大喜。须臾,又有几位朋友给我发来几张。问题一下子就解决了。

看着图片中的那几只缸和坛,我回想起当年绍兴农村的"四只缸"来。

先来说说水缸。这只缸在我们农村用途最大,可以说与生活息息相关,家家户户每天都要用到它。

那时，家乡还没有自来水，吃的用的都是从河里汲取。虽然我们村就在鉴湖岸边，但为了用水方便，每家每户仍然都各置有一只水缸。这样，不但能吃到更为洁净的水，而且随时可取用。因经过水缸沉淀后，水变得更清洁，可以用来烧水做饭。而平时洗脸刷牙、洗东西的水，则随时用水桶从河里汲取便可。

记得我家那只水缸比较大，直径有一米左右，高约一米二，足足可盛六担水。这水缸一般都放于厨房大灶旁。那时，家家户户都用双眼大灶（即两个灶膛）烧菜做饭，用稻草或山上的木柴做燃料。水缸便放在灶旁，并用木板做一个水缸盖，盖子分成两个半圆形，紧挨大灶的那半个固定，上面可放碗盘之类的东西，另半个能活动。取水时，只要把活动的那半个盖子往上一掀，就可用勺子舀水，十分方便。一般每家有一大一小两个勺子，小勺子舀汤锅里的水，大勺子舀水缸里的水，各司其职。水缸虽然较大，但每隔几天，我就要去河里挑水，使水缸里的水不断。有时，我还会在水缸里养一些小鱼小虾。因为，有时不小心掉进一些饭粒菜屑，立即会被里面的鱼虾吃掉，这样，水就不会变质。一些邻居口渴了都喜来我家讨水喝，舀一勺解渴，还说我家水缸里的水特别甘甜呢。

每到夏天，家里的用水量增加，我基本上每天都要到河里去挑水，所幸我家离河不远，挑几担水很方便，但为了能挑到干净清洁的河水，我每天天刚亮就得去挑水了。如果稍微迟一点儿，就会有埠船或出畈的船只摇过，把河底的淤泥搅起来，河水就会变得浑浊。有时，遇到干旱，门前小河的水都干涸了，就得到离家二三百米远的鉴湖大河里挑水，那里的河面宽阔，水又很深，从来不会干的。而且，那里的水更清澈，水质更好，喝一口，真的有点甜呢！但挑一趟水需十多分钟，有时半途吃力了还要歇一下脚，一缸水挑

220

满已是大汗淋漓。不过，来来往往的人都在挑水，挑水的有大人，也有小孩。大人用担桶，小孩力气小，就用两只水桶。大家一路上说说笑笑，十分热闹，有时，挑水队伍中还有几位大姑娘、小媳妇，于是，一些小伙子便来了劲，荤话满天飞，嘻嘻哈哈地，更是热闹，倒也不觉得很累。

挑水吃的日子，一直到20世纪90年代初，我们村里装上了自来水，才彻底结束。那副木制担桶到如今我还保存着，但那只大水缸再无用处，也没地方摆，在前几年村子拆迁时丢弃了。

第二只是腌菜缸。那时每家都有自留地，自留地除了种些南瓜、茄子、萝卜、番薯等蔬菜，每年夏末秋初还要种上许多白菜，一个月左右便可收割。我们那里对于种白菜有这样一句话："三日两头浇，二十日好动刀。"是指只要勤施肥，20多天就可收割了。于是，每到秋末冬初之际，家家户户便都要腌上一两缸腌菜，人口多的人家要腌三四缸呢，这可是餐桌上的一道主菜。我们那里有句谚语："做人长淡淡，腌菜长下饭。"可见其在村民生活中的重要性。

其实，腌菜的制作也是门技术活呢。要腌制的菜不能选得太嫩，太嫩不但缩水大，腌制后还容易发霉。因此，要等菜长大长足才能收割。把菜从地里割下来后，先要在太阳下晒一两天，晒去青菜里的一些水分。但水分不能晒得太干，否则腌菜会发韧，影响口感。然后再剁去菜根，在屋角堆放几天，等菜稍有点转黄，便可放到缸里腌了。我家每次都由我腌制，因为家乡有个古老而迷信的规矩，也如绍兴莲花落《翠姐姐回娘家》中所唱："女的不能踏腌菜，踏来腌菜就要酸。"我家因父亲在上海工作，家里只有我一个男的，所以踏腌菜的任务便义不容辞地落到我的身上，那时我还只有十二三岁呢。

不过，任何事情只要用心去做，定能做好的，我腌的菜多了，也便掌握了这方面的技术。先把菜整齐地放到缸里，放一层菜，撒一把盐。这盐别撒太多，也不能太少，多了太咸，会影响鲜味，少了太淡，菜易变酸变质。腌的次数多了，自然就会掌握。然后再放一层菜，再放一把盐。接下来，就可赤脚跨进缸里用力踩踏。等把菜踩踏实后，再跨下缸来放一层菜和盐后再上去用脚踩踏。渐渐地，缸里的菜满起来了。这时，你得特别小心，别把缸踩翻。因此，最好在腌菜前就把缸放在墙角，这样，你便可扶着墙踏腌菜。等把所有的菜都放完，并踩踏好后，你就可从缸里下来，并把准备好的几块大石头压在菜上面，腌制菜的工序才算完成。过二三天再去看一下，缸内有没有菜露（即菜中的水分）满起来。如果没有，就得把压在上面的大石块拿下来再上去踩踏，直到把水踩踏出来为止，然后再把那几块大石头压上去。大约一个月左右，腌菜上满是黄白色的泡沫时，说明这腌菜已经腌透腌熟，可以吃了。或凉拌，或清蒸，或炒一下吃都可以，美味可口，唇齿留香，包你多吃一碗饭呢。

有些人家地多，菜也种得多，因此要多腌制几缸晒干菜。腌制的菜大约一个月后，便可晒干菜了。先把腌菜从缸里取出来，放到水桶里，盛满一桶就拎到河里去洗，洗好后拧干水，再把一株株金黄煞亮的腌菜晾晒到预先准备好的竹竿（我们那里叫晾竿）上去，一缸菜大约能晾两竹竿，如果缸大可晾三竹竿。这种刚腌制好的腌菜，黄里透亮，咬一口，脆脆的，味道非常鲜美，还有一股清香。因此，见有人在河边踏道上洗腌菜，无论大人小孩都会跑过去拉一两根尝鲜。主人也绝不会拒绝，反而会主动拉下几根来给他（她）

们品尝,顺便问一句:"口味好吗?"对方便边吃边点头:"嗯,真鲜,阿德太娘,倷腌菜介鲜,明年要发哉。"主人便会满脸喜色,十分得意:"伢老太公腌的。"这段时间,河边的几个踏道都是洗腌菜的人,那些道地上也都晒满了腌菜,很是壮观,勾勒出一幅独特的水乡风情画。

这种用整株菜晒成的称为长干菜,另一种用来烧笋煮干菜和干菜毗猪肉的叫短干菜,腌制方法则略有不同。须先把菜堆黄并洗净,晾干后切碎,再放在面盆或脚盆里,加上适量的盐,然后用力揉捏,直至把菜揉出水分来。然后,再放到小缸或钵头里用力压实,上面压上一块洗干净的大石头。五到七天后,菜上面便会有许多黄白色的泡沫,还能闻到一股清香,说明菜已腌好,这时,便可拿到干净的竹簟或席子上晾晒了。

这种把菜洗净切碎的腌制手法,不但秋冬时节可腌制,春季也可以,还可以腌制芥菜。用芥菜腌制,味道更为鲜美。特别是在春季,春笋刚刚上市,把春笋剥去笋壳,再切成两三分厚一寸来长的小段,同刚腌制好的芥菜一起烧熟晒干,便成为香气四溢的笋煮干菜,或烧汤或毗肉,都是餐桌上的一道美味佳肴,吃后真的是唇齿留香呢。

下 篇

前面所说的两只缸一般绍兴农村都有的,可我的家乡还有一只缸——酒缸。这是我的家乡所特有的,别的地方不一定会有。

我的家乡在鉴湖岸边,鉴湖水清澈甘甜,绍兴黄酒就是用这里的水酿制而成的。因此,我的家乡又是个酒乡,也就多了一只酒缸。

我的家乡是酒乡,每当初冬之际,晚稻进仓,家家户户便都要酿酒,有酿几十斤、几百斤的,有几户人口众多酒量又好的大家庭则要酿上千斤。但每缸只能酿制一百来斤,因此一缸酿不下,就要多酿几缸,一次没这么大的地方摆放,就分几次酿制。而多数人家都是自己动手酿酒。从浸米、蒸饭、拌酒药、搭酒窝、稻草保暖到开耙(开耙又分头耙、二耙)等,全都是自己动手。当然,也有几家自己不会酿或家里男人在外地的,但没关系,家乡有的是酿酒师傅,只要你去请他们,他们都会很乐意来替你家酿制,全部免费,绝不收一分钱。

记得我孩提时,家里每年也要酿酒。家人虽不会喝酒,但也要酿一缸,以便春节时招待客人。可我们都不会酿酒,便请邻居阿庆头脑来给我家酿酒,我便在旁边看,还不时提出一些问题,阿庆头脑都会耐心地给我解答,还教我如何蒸饭,如何淋水冷却,如何拌酒药,如何搭酒窝,如何开耙,等等,毫无保留。他还告诉我,酿酒的饭不能太烫就伴酒药,否则会把酒菌热死,那就无法挽救了。后来,我稍长大了点,就试着用他教我的方法自己酿酒,果然成功了。有时,酿制过程中遇到一些问题,去请教他,他都热心地跑来帮我解决,使我也学会了酿酒这门技艺。

那时,每到初冬,村子里处处飘着酒香。人们在村里相互遇到时,第一句话便是:"酿了吗?"对方便回答道:"酿了,你家呢?""也酿了。酿了几缸?""酿了两缸。还准备再酿两缸呢。""哦,我也准备再酿三缸,明年咱孙子剃头可派用场。"

等把酒全都酿制好,我们一般都会留一缸平时喝,这些酒便是新酒,清纯而略有点甜,还带点辣味,即使不会喝酒的,也能喝上小半碗,但是后劲很足,常把一些贪喝的人醉倒。其余的都要装在一只只酒坛里,把坛口封好,这叫灌带糟。等到第二年春天,再把这些带糟倒出来过滤压榨,再加点焦糖,使酒液成琥珀色,然后用火煎煮,最后又灌入酒坛内,用荷叶和竹箬封口,并用泥头密封严实。这一坛坛封上泥头的酒,便是名副其实的绍兴黄酒。如果把这些坛装的黄酒窖藏起来,到第二年、第三年喝,便是陈酒,味道更为醇厚馥郁。那一只只酿酒缸平时可用来盛水,但不能盛其他东西,更不能用作腌菜缸,因腌过菜的缸会留有咸味,是不能用作酿酒之用的,否则会酿不好酒。

这种酒缸、酒坛若稍有破损,就会影响酿酒,还会使酒渗漏出来,我们家乡就有许多修缸补甏的人,不但修补自己的缸和坛,还给别人家修补,因此,便又造就了修缸补甏这门技艺。

20世纪60年代到80年代,家乡有个人数众多的缸坛修理厂,厂里的职工遍布于全国各地的酒厂、酱品厂和坛窑厂,解决了家乡的就业问题。说起那些修甏师傅,当年还辉煌过一时呢。那时,即使是绍兴城里的工人老大哥,他们的工资收入也只有修甏师傅的一半左右。因此,家乡的那些大姑娘们心目中的择偶对象,便是这些修甏师傅,而且还非他们不嫁呢。

还有一只缸便是粪缸。水缸、酒缸、腌菜缸管吃,而粪缸则管拉撒,每家也都有一只。那时还没有抽水马桶,拉屎撒尿要么直接拉到放在屋外的粪缸里,要么拉在马桶里,满了再倒到粪缸里去。

粪缸一般都摆放在屋后或距屋子稍远一点儿的菜园子旁,既不使粪便臭气熏人,又方便给园子里的蔬菜施肥。粪缸一般需用七石缸,一缸大约有六七担料(粪便)可盛装。有几家实在没有这种大缸,也用略小一点儿的缸,因缸太小装不多粪便,需经常舀去,非常麻烦；有时又并不需用肥浇菜，这粪便又会满溢出来，故需尽量用大点的缸。

常常是几户人家的粪缸都放在一起，或三五只，或七八只，多的有十几只。有的一字排放，有的分作两排，中间留一条小路供人们进出倒粪或舀粪，倒也很是壮观。有几户为了上厕方便，在粪缸上放一个木头制作的坐便，上面又用竹木搭一个架子，顶上盖一层稻草，做成简易遮雨棚，不论晴天雨天，都可在上面大小便。

你可别小看这只粪缸，它也是农家一宝呢，里面的粪便不但可以给种在田里或地里的水稻、蔬菜施肥，多余的还可以换钱，是村民的一个小金库，生活中的油盐酱醋全靠它了。那时，常常有外地的一些农户到我们村里来收集粪便，一般都是华舍、萧山的农民，那里地多肥缺，便来我们这里收集粪便。他们摇一只大木船到村里后，就拿着一只粪勺子一路边走边喊："换料（即粪便），换料哦！"村人听到有人来换料，见自家粪缸正满，便叫住他。换料的便用粪勺在粪缸中搅几下，估计一下粪便的浓度和数量，说出个价钱，一般一缸粪便能换一二元钱。我家那只粪缸是一只凸肚缸，即缸的中间有一处往里凸出。"换料的"起先不知，多估了半担，后来次数多了就不肯多估了，有时还少估一些，我们也不去说他，反正也就一二角钱的事。这样每月可以换二次左右。虽然钱不多，也只二三元钱，可足够应付一个月的油盐酱醋了，这不也称得上是个小金库吗？

后来，大约在20世纪八九十年代，乡镇企业似雨后春笋般迅速发展，村民们都富裕起来了，人们便纷纷拆了旧屋造起新楼房，卫生间里还装上了抽水马桶，村民便又在屋后挖一个周边一米五到二米，深一米多的大坑，再在四周砌上砖块，砌成一个化粪池。并在上面再浇制一块与化粪池一样大小的水泥板,板的中间留一个每边约四十厘米的口子,并再用一个水泥盖子盖住。这样既清洁又不致臭气散发出来影响环境。如果要用池内的粪便去地里浇菜施肥时,就可打开盖子,舀完后又盖上,既便当又卫生。从此,那些粪缸再无用途,便闲置起来,渐渐被村民丢弃了,最终退出了历史舞台。

如今,因城中村改造村子已整体拆迁,村民们都入住于整齐清洁的公寓之中。也因时代的变迁和人们生活水平的不断提高,家乡的这"四只缸"已渐渐离我们远去,并且即将退出历史舞台,可毕竟曾给我们的生活带来了许多便利,作出过不小的贡献,还造就了一些诸如酿酒、修缸补甏、腌菜等独特的手艺。这些手艺也将成为绍兴的非物质文化遗产的一部分,并将永远留在我们记忆的长河之中,成为乡愁的一部分,并留下美好的记忆。

消失的水乡船作匠

绍兴水乡素有"中国水上威尼斯"之称。记得孩提时,无论上城购物或是出门做客,乃至出畈干活、载运货物,其唯一的交通工具便是木船。有能载重三五吨的大木船,如埠船(短程的)、航船(远程的),及一些载物的货船。有些木船还加有几扇用竹篾编制、外面又涂上桐油的乌篷,不但美观,还可挡风遮雨。还有一些只能载三五人的小划船(有的也盖有几扇乌篷)。这些船全由木头拼制而成,既轻便又美观,非常受人欢迎。尤其是那些带有乌篷的小划船,更是深受历代文人墨客的青睐。宋代陆游曾有"镜湖俯仰两青天,万顷玻璃一叶船。拈棹舞,拥蓑眠,不作天仙作水仙"的词句,描写那种优哉游哉的惬意感觉。

但正因为船是木头制成的,又是在水上行驶,天天日晒雨淋,加上河水侵蚀,有时还免不了磕磕碰碰,难免会有破漏。时间长了便需要修理,这便造就了一批修船工匠,他们都怀有一门修船绝技,我们称其为船作师傅。那时,这些木船犹如现在的汽车,除了每个生产队都有几只大小木船,用来载人载稻谷、捻河泥、摘大菱外,大部分农家也都有一只小木船(我们又叫小划船)。因此,这些船作师傅便每个村都有一两个。船旧了,漏了,破了,便需请这些船作师傅前来修理，以便继续使用，毕竟买一条新船需花一笔不小的开支。

不过，这些船作师傅只会修船，并不会造船，造木船的另有造船工。家乡一带的木船，都是由绍兴柯桥的双渎船厂和东湖区的一个叫则水牌的地方制造的。尤其则水牌，相传已有2500多年的造船史了。但那里只造船，却不修船。众所周知，买一条船可用十多年乃至二十年，但一条船每隔几年就得修葺。因此，为方便修理，每村都有几位修船师傅。

那时，大船都是生产队所有，如有船漏了不能再继续使用，便需请来这些船作师傅前来修葺。于是，先叫人把待修的木船拉上岸，再把破船翻覆过来使其底朝天，搁到两条长凳上（如果船大得用四条长凳）。先在太阳下晒几天，待船身干燥后，船作师傅便在破漏处用凿子先把漏洞处的油灰一一凿掉，并把周围处理干净，一般破船有好几处漏洞，有些地方虽还一时没漏，但也已被腐蚀，有破漏的可能，也需凿掉弄干净。平时，人们为了省事省钱，见漏洞还不大，往往用泥巴在漏洞处一塞，外面再盖上一块砖头，或者先用棉花暂时堵住漏洞，将就着用一段时间。等到漏洞实在太大了、多了，已不能再用，再用就会沉船时，才会叫船作师傅来修葺。因此，修船时得仔细找到破漏处。等把破漏处都找到并处理干净，再开始修补。

大漏洞需用木板补上去，这活技术含量极大，既要补得严丝合缝又要十分牢固才行。那些小漏洞（指木板拼接处的缝隙），也要先用烂麻络（又叫烂麻筋）用凿子把其一一塞住。这些麻络在农村供销社有卖。买来后，还得先把这些烂麻络用木榔头捶打成网络状，使其既连在一起，又可以撕拉开方可使用。所有漏洞和缝隙处都全塞满填好，不能有一处遗漏。然后，再用油灰涂抹在塞有烂麻络的缝隙处。

油灰的制作更是一项技术活，主要是桐油的熬制。桐油在农村供销社也有售的，但那是生桐油，需熬煎成熟桐油才能用。桐油需在镬里熬，但不能在家里的灶上熬，要在屋外空旷处用砖块搭一个土灶，上面放一只铁镬，便可熬制了。这活最能看出修船师傅的手艺。桐油如果熬煎得不到火候，很难干燥，还会大大降低牢固性。但又不能熬得时间过长，否则就会太老，太老了桐油就会燃烧起来，那这一镬桐油就报废了得重新再熬煎。

一次，我家屋后晒场上，有位姓张的船作师傅给生产队修船。当时正是农闲时节，村里的几个生产队趁空都在请修船师傅修理破船。有经验的老师傅一时请不到，就请了位出师不久的新手。张师傅修船手艺倒已很是不错，可就在熬制桐油时因火候掌握不准，稍一疏忽，一镬桐油就煎过了头，立即燃烧成一团。这时，有人见了，便取笑他："张师傅，侬本事随（真）好，熬了个牛肚子，今朝晏昼过酒坯有带哉。"说得那张师傅红着脸十分尴尬，讷讷地说："这桐油钿（钱）在我工钿里扣好哉。"

熬好桐油，还需加上适量的干石灰。这种石灰在供销社也有，买来的是生石灰，像一块块的石头，需先用水把其化成粉状的熟石灰，筛去杂质，然后再与熟桐油一起拌和成面团状，再放在石捣臼内用捣杵揉，像揉年糕似的，揉到又软又韧，便成为修补船的油灰。然后，再把这些油灰填补到塞有烂麻络的漏洞处和船身的缝隙处。全部填好后，过三五天等油灰干了，就可以在船身上刷桐油了。

有人要问，不是已经用油灰填好漏洞和缝隙了吗，怎么还要涂桐油。

是的，还有这最后一道工序，这船才能下水。

涂桐油不但能使船更加牢固，而且更加美观。

生桐油不会干，会粘到人身上，也很快会被河水中洗掉，必须熬煎成熟桐油。有人又会说，既然桐油这么难煎，何不用油漆，那多省事呀。大家有所不知，油漆不但价钱比桐油贵几倍，牢度也没桐油好。因为船是在水上行驶的，日夜泡在水里。桐油能渗透到木头里面，保护船体不被水腐蚀，油漆没这个功能，只能保护物体表面，故需桐油涂刷。

桐油熬好后，再把喜欢的颜料（一般是黑色和暗红色，也有用绿色的）加入熬制好的熟桐油里，搅拌均匀后便可涂刷到船身上。一般船身内用红色，船身外用黑色或绿色，也有用红绿相间，或红黑相间的。

桐油全部涂刷好后，还需要再等五六天时间才会干透，这船才可下水。这时，整条船便已焕然一新。

修船过程比较严格，总共需要二十多天时间，但也得看船的大小、破旧程度，一般小划船比较简单一点儿，修葺的时间也少一些。

修船的绝技大约传承到20世纪70年代，后因水泥船的出现，渐渐替代了木制船。水泥船价钱便宜，修葺也比木船简单，只要在破漏处抹上一点儿水泥，等水泥干透了就又可下水行驶了，人们自己都会修。从此，这些修船匠便渐渐失去了用武之地。

不过，即使到如今，一些捕鱼的仍喜欢使用木制的小划船。因为木船虽价格比水泥制的贵一些，但船身十分轻巧。你看，那些渔民驾一叶小舟出港，但见他坐在船后艄，脚蹬木桨，双手划动小划子（或把划子挟在腋下作舵），背靠一块小木板，双脚一蹬双手一划，小舟前半身便略向上翘，离开水面，箭似的向前飞驶。唐朝大诗人李白曾有诗赞曰："朝辞白帝彩云间，千里江陵一日还。两岸猿声啼不住，轻舟已过万重山。"

木船更有水泥船无法相比的优点，即使遇到大风浪或其他原因导致翻覆，也不会下沉，仍能浮在水面，不像那些水泥船，一旦翻覆，便立即沉入河底，不但很难再把沉船捞起来，乘客也失去了依靠攀扶物，容易造成溺水。因此，许多渔民仍喜欢使用木船捕鱼，因其不便轻便美观，而且更安全。

如今，随着交通的发展，人们外出已不再乘坐木船，而改用电瓶车或汽车了。只有一些景区码头和渔民还在使用。景区是为了让游客体验一下乘小划船优哉游哉的感觉，而渔民则是为了捕鱼的需要。那些修船匠和他们的修船绝技，却将渐渐失传。据说，造船业已有非遗传人，东湖区则水牌村的造船工匠已有七代非遗承传人，但修船匠的这门绝技是否也能继续传承下去呢？只能拭目以待了。

第四章 难忘乡愁

我爱家乡仁让堰

只要是绍兴人,大都知道柯岩这个地方,因为那里有鉴湖,有大佛、云骨……而作为柯岩人,也差不多都知道仁让堰这个地方,那里便是我的家乡。

仁让堰原来的地名叫沉酿堰,又称沉壤堰,系东汉遗迹。据传是当时的会稽太守马臻开筑鉴湖时,在山阴县西部所筑的古堰堤,历代方志中都曾有记载。关于地名的由来,还流传着一个美丽的传说,据说当时东汉名宦郑弘与前来送行的乡亲们告别时"饮水各醉",故得其名。而沉壤堰村,便是沉江酿酒的村堰之意,故又名沉酿堰。后又经历过千百年,便成为如今的仁让堰。它是由丁巷、堰东、堰西三个自然村呈品字形组合而成。我家便居住在堰东自然村。距村向南百步之遥,有一条贯通东西的大河,便是绍兴的母亲河——鉴湖。鉴湖的一条支流从村子中间穿越而过,村民们临河而居。因河面并不宽,大家可隔河相互聊天。以前,我们那里曾流传着这么一句话:"仁让堰,大地方;两庙两祠堂,到处是弄堂。"其实,这已是五六十年前的情况了。

那时,我们那里确有两座庙,一为东岳庙,一为土地庙。东岳庙,又称作岳庙,位于丁巷、堰东、堰西的中心点。此庙规模较大，庙里除了岳殿，还有财神殿、观音殿、阎罗殿等好几个殿。岳殿气势最恢宏，里面的东岳大帝更是塑得十分高大威武。孩提时，我曾跟祖母去过几次。阎罗殿里面塑有十尊阎罗像，阴森森的，去的人很少。庙里还建有一戏台，由固定台和活动台两部分组成，左右两边是由石板建成的固定台，每边二米左右宽，中间是由木板铺成的活动结构，宽一米多。活动部分平时供人通行，演戏时再铺上木板，与两边固定石台结合成一个整体的戏台，戏台上面建有一顶棚，四角向上翘起，颇为壮观。逢年过节或庙会时，村民们都会请来戏班子演戏，常常连续要演两三天。庙的山门前有一条青石板铺成的大道，四米来宽，一直通到河岸边，周围便叫作山门口。这里是我们村最热闹的地方。三教九流，都聚集于此。还有太和堂药店、王记茶馆、陈记剃头铺和赵记剃头铺，以及商铺、赌场等。每逢庙会，这里更显得热闹非凡。据传，这里曾是历代名人骚客游历山阴道、泛舟鉴湖的必经之处，亦是他们观赏赋闲、吟诗作文的最佳地方。这里曾留下了难以胜数赞美鉴湖的传世诗篇。宋代诗人陆游曾有"野居茶香迎客倦，市街犬熟傍行人"的诗句来描述这里。

另一座庙便是坐落于丁巷的土地庙，规模就没这么大了，里面也没有戏台。

其实，在堰西的堰通河边还有一座庙，叫作天医殿，因称不上庙，故没有排列进去。

至于那祠堂，在我的记忆中只记得堰西村的朱家祠堂和堰东同丰内的何家祠堂。朱姓是堰西的大姓，而何家是堰东的大户人家，曾开过酿酒作坊，故建有祠堂。

弄堂即小巷，在我们村里确有很多条。单是我家旁边就有三条弄堂，东边的一条弄堂最长，足有五六十米，但宽仅一米多，两人迎面相遇，需侧身才能过去；西面也有一条弄堂，稍短；过河，桥对面又是一条弄堂。别看在诗人笔下描写的小巷，都是那么令人向往而很富诗意。可我们那里的弄堂，我小时候总觉得阴森森的，一个人不敢去走。如果晚上经过，即使大人在你身边，也会觉得身上根根汗毛直竖。因此，除了夏天偶尔在弄堂口乘凉外，平时我们是很少去玩的。这些弄堂直至改革开放，村民们渐渐富裕了，拆掉旧屋建起高楼，才渐渐消失在我们的视野中。

其实，除了庙、祠堂和弄堂外，家乡还有许多台门。那一个个老台门也很令人怀念。光是我们堰东这个自然村，就有徐家台门、王家台门、莫家台门等。而莫家台门又分为大莫家和小莫家。我家就居住在大莫家台门内。可我不姓莫，姓莫的其实只有一家，其余的八九家都不姓莫。那莫家的一个大厅倒是很宽大的。但土改后便一直闲置着，直到公社化后，才把这个大厅改作了碾米厂，供村民们分到稻谷后来此碾米。

家乡还是一个酒乡，用鉴湖水酿制的绍兴黄酒闻名中外。每到初冬之际，我们村几乎家家都要酿酒，有酿几十斤几百斤的，有几户人口众多而酒量又好的大家庭，则要酿上千斤呢，吃不完就窖藏起来，那便是陈酒。那段时间，村子里到处都飘着酒香。村民们路上相遇时，第一句话便是："你家酿了吗，酿了几缸？"多数人家都是自己动手酿制的，从蒸饭拌酒药到发酵开耙，都是自己亲自动手。酿好酒，除了今年吃的留一部分，其余的都灌装到坛子里，等到第二年春天再从坛子里倒出来，压榨过滤后再加上焦糖，调成琥珀色，然后煎煮灌装到酒坛里，封上泥头，这一坛坛酒便是名副其实的绍兴黄酒。我们三个自然村的村民几乎都是酿酒师，乃至全国各地酒厂的酿酒师大部分都来自我们村。同时，家乡还有一个人数众多的修坛厂，厂里的职工遍布全国各地的酒厂和坛窖厂，曾经为村里的就业问题立下了汗马功劳。

我们村许多人家都临河而居。每到夏天的傍晚，村民们便都从家里搬出一张桌子，拿出几条长凳或几把竹椅。桌上摆一壶自酿的绍兴老酒，再放上几碗菜，这菜都是自己地里种的，有青菜萝卜、南瓜茄子，还有从鉴水河里摸来的螺蛳、捉来的鱼虾。虽算不上佳肴，倒也鲜美可口。单是那道酱爆笃螺蛳，就是最好的下酒菜，素有"笃螺蛳过酒，强盗看见不肯走"之美誉。村民们边喝酒吃饭，边与左右邻居和河对岸的好友们谈天说地。有说田里庄稼生长情况的，也有谈村里村外奇闻趣事的，你一言我一句，很是热闹。在我心目中，这可是家乡一道独特风景线呀！

如今，随着改革开放的大潮推动，我国的经济日益发展，家乡早已脱贫致富，村里许多人家纷纷拆掉旧屋建起新房，我家也在1995年造起了两间三层楼房，村里办起了许多工厂，村民们纷纷进厂当了工人。他们边务农边打工，先后奔向了小康。

几年前，因城中村改造，仁让堰整体拆迁。如今在那里已矗立起一幢幢新楼。抬首远眺，小区内高楼林立，既整齐俨然又错落有致，小区内绿树成荫，草坪如茵；与鉴湖相连的那条名叫堰通河的小河，已经掘宽挖深，贯通小区南北；河两岸用大青石块修砌一新，岸边还有石柱石栏，看上去更加整齐美观。放眼望去，河水清澈，碧波粼粼；岸边修竹丛丛，秀丽挺拔，垂柳成行，轻盈婀娜。整个小区恰似一座美丽的大花园。或许是为了留住那段不寻常的历史吧，这里仍取名叫仁让堰小区，并把"仁让堰"三个大字镌刻在那块竖立在小区门口的巨石上，青底红字，十分醒目。真想不到，咱农村人竟也要过起城里人的生活了。不是吗？你看，小区周围，柏油马路环绕，公交车四通八达。向南百步，便是绍兴的母亲河——鉴湖。河两岸是个开放式的免费公园。工作之余，人们便可到公园里散步休憩。小区北面，便是中国轻纺城——柯桥，购物十分方便。

如今，生活在这公园般的家乡，心里知足了，真的！

燕　邻

清晨，我下楼去外面散步。刚跨出电梯，忽听一阵燕鸣声，抬头见一对燕子正飞进楼道，在大门上面的显示牌上筑窝。自我们搬进新小区后，已有好几年没见到燕子了。这也难怪，望着四周林立的高楼，叫它们去哪里筑窝呢。看到此情此景，我回想起十几年前我家刚建起新楼后的一幕。

那也是春日的一个星期天，我正伏在窗前写篇小文。忽然，耳畔传来一阵"叽叽喳喳"的声音，抬眼望去，只见一对燕子在屋檐下回旋飞翔，嘴里还衔着一块泥巴。

哦，燕子伴随着春姑娘的脚步从南方飞来了！

"频来燕语定新巢。"看来，这对燕子夫妇正是想在这廊下寻觅栖息之处，准备筑巢定居呢。

记得以前在我家老屋，每年春天都有一对燕子在堂前的栋梁上做窝、育雏。但自我家翻建新楼以后，就再未见它们筑巢了。即便偶有燕子飞来，也只是盘旋飞翔一阵，然后就又飞走了。

"双飞燕子几时回？"难道这"旧日堂前燕"就不再飞入咱这"寻常百姓家"了？每每见到燕子或是听到燕子的欢叫声，我总是在心里默默地猜想着。

不料今年春天，燕子竟飞来我家筑巢垒窝了，一阵喜悦不由得涌上心头。我忙搁笔起身，跨出屋外，轻声向那对燕子夫妇说："久违了，老朋友。"

那两只燕子又"叽叽喳喳"一阵欢唱，像是在向我致意。接着，就见它们在廊下的墙角处把衔来的泥巴粘了上去，可不知怎的，那刚粘上去的泥巴马上掉下来了。咦，这泥巴怎么会粘不住呢？我近前仔细察看，发现这墙因涂了乳胶漆，太光滑了，难怪泥巴很难粘住。哦，这也许就是以前燕子没有光临我家的原因，原来是去寻那些老屋的栋梁筑巢了。近几年，村里大部分人家都拆了老屋建了新楼，燕子找不到老房子，才再来这新楼栖息了。我却为这对燕子夫妇发起愁来：怎样才能帮它们筑巢呢？

"木头，你快去找几枚钉子来。"不知什么时候，妻子也来到廊下。她好似看出了我的心意，帮我出起主意来。

"钉子，找钉子干啥呀？"我疑惑地问。

"帮燕子做窝呀。"

"帮——哦，对！"我一拍脑门，想起以前每家屋子的栋梁上都钉有几枚钉子，那不是替燕子做窝准备的吗？于是，我忙找来几枚钉子，一把榔头，妻又搬来梯子。我爬上梯子钉上钉子，又用绳子在钉子上缠绕几圈。等我忙活好后，那对燕子立即飞来，把泥巴牢牢地粘在上面，然后又"叽叽喳喳"地对我一阵欢唱，像是在向我道谢。我笑着向它们点点头，放心地回到屋里继续写我的小文。

第二天，当我下班回家时，抬头见廊下墙角处，一个菠萝形的燕子窝已赫然在目。那对燕子又不知从哪里衔来了一些干草、羽毛，舒舒服服地躺在新家里，"叽叽喳喳"地正唱着歌儿庆贺呢。

自从有了这对燕子做邻居后，天刚亮，燕子夫妇就"叽叽喳喳"地欢唱起来,催我们起床,我再也不用担心上班迟到了。

傍晚,燕子夫妇又"叽叽喳喳"地迎我回家。从此,家里变得热闹多了,生活也好像充实了许多。每天上班前,我总要在燕窝前站一会儿,看着那对燕子夫妇勤快地飞进飞出;下班后,我也要在燕窝前伫立一阵,聆听他们熟悉而动听的鸣唱。这使我真正领略了韩元吉在《六州歌头·东风着意》中那句"旧日堂前燕,和烟雨,又双飞"的意境。

不久,燕邻孵了一窝小燕子,我数了一下,共有五只。此后,这对燕子夫妇更忙碌了,一天到晚飞进飞出,把捉来的小虫子嘴对嘴地喂给雏燕。看着这情景,我想起了元好问的一句名曲:"老燕携雏弄语,有高柳鸣蝉相和。"眼下我看到的,不正是这样的画面吗?

燕子是候鸟,更是益鸟。这"梁间燕、前社客",它与人类为友,与我们为邻。但愿这燕子明年仍能"归来旧处"。

石磨、石臼和捣杵

春节期间。当吃着柔糯香甜的汤圆和爽滑软韧的年糕时，我不由得回想起儿时用石磨磨年糕粉、汤圆粉，用石臼舂年糕的情景。

那时，农村还没有电，要吃汤圆、年糕，就得自己动手磨粉，自己动手舂年糕。

磨粉得用石磨，石磨有单人小石磨和双人大石磨之分。

一般磨汤圆粉用小石磨，村里好多人家都有的。为磨粉方便，我家也有一台小石磨。小石磨直径25—30厘米，由上下两爿组成。上半爿石磨上面凿有一个直径约4厘米的圆洞，供麦粒或米粒能下去研磨。

石磨的上下两爿都凿有一条条斜沟，不但能把米和麦子等物更容易磨碎，而且能使磨成的粉往外挤出来。石磨上半爿的边上，还装有一块宽约5厘米、长约10厘米的木把手，把手上挖有一个孔。磨粉时，在孔内插一根小木棍，然后握住小木棍顺时针转动，一边把米粒或麦子往小孔中拨进去，粉末便会从石磨中不断地挤出来，落进事先接在下面的竹匾中。只要不断地加料，不断地转动石磨，米粉或面粉便会源源不断地出来。不过，别看说说容易，实际操作起来就不那么轻松了。因为，用石磨磨粉不像现在的辗粉机那么快速。手工磨粉不但很慢，而且时间长了手臂便觉得十分吃力，磨一阵子就得歇一会儿。大半天时间也磨不了一斤粉。但想到要吃汤圆，要吃麻团，只能咬咬牙坚持继续磨。记得我十二三岁时，见母亲在磨米粉，觉得很好玩，便要试着去磨。母亲笑着一边教我用磨的要诀，一边要我不能太快，速度要均匀。我按她说的做，很快就学会了。从此，母亲便经常要我磨粉，端午磨炒米粉，过年磨汤圆粉，平时要吃面磨小麦粉，磨得我手臂酸软，真后悔自己当时为啥要去学磨粉呢！

刚磨出来的米粉还需用纱筛筛一下，把细粉筛出来，留在纱筛内的粗粉或喂鸡，或再磨一下。筛粉用的纱筛我家也有一个，是用毛竹劈成的薄竹片弯成一个直径约25厘米的圆架，再绷上一张薄纱制成的。用它筛出细粉，能增加米粉的口感。

还有一种大型的石磨，又叫双人石磨或多人石磨，结构与单人小石磨基本一样，但磨粉时需再加一个木制磨担。磨担由一根树杈制成，一端装有一根直木杆，下面有一根小铁棒，以便把小铁棒放到石磨上半爿木柄的小孔中。树杈的两端还装有一根横档，再在房屋栋梁上挂下一根绳子，缠住磨担横档两端，便可一推一拉地牵动磨粉了。磨粉时，需一人把住磨头，并不停往石磨的孔中放米，这人需有一定经验。另一人不停地牵动磨担。这牵磨之人倒不一定要啥技巧，只需有力气就行。有时，还可由两个人一起牵动，这样较为省力些，毕竟一个人牵动太吃力了，速度也较慢。

这种大石磨一般是磨年糕粉时用的，一则做年糕不像磨汤圆粉，只需磨一二斤即可，年糕往往需做二三十斤，有些大户人口多，要做五六十斤呢。做年糕还需水磨，我们常说的水磨年糕就是用这种石磨磨成粉浆的，这种年糕爽滑柔韧，远比干粉做的好吃。

磨年糕粉前，要先把米浸二三天，把米浸透淘净才可以磨。一般用晚米（粳米）并适当加一些糯米，这样做出来的年糕柔韧爽滑。但也不能掺得太多，太多了，年糕就会粘牙，比例一般在百分之五左右。

磨年糕粉时，在石磨下面需放一只大竹箩，竹箩里面盛上半箩的草木灰，再在其上放一块布（我们叫包裹），磨出来的水磨粉便流到这块布上。因粉是带水的，草木灰起到吸水作用。

每到年底，往往几户人家合伙做年糕。先磨年糕粉，选一个有经验的把磨担。但见他右手把住磨头，左手用瓢把带水的米粒舀一勺放到石磨的进米口，这样不停地加米，牵磨的两人同时不停地转动石磨，粉浆便源源不断地从石磨中往外流出来，这比用小石磨磨粉要快得多，但每小时的出粉率也就十多斤而已。因此，我们几家常常从清早磨到晚上才能磨完。

刚磨好的米粉还不能做年糕，需把粉包扎起来，再压上大石块，等第二天水分大部分都压出来后，才可以动手做年糕。

做年糕时，先把这些磨制好的半干米粉揉碎，这叫揉糕花。然后，再把揉好的生糕花放到甑里去蒸。

甑是个用木板箍成的桶，上端稍大，没有桶底，只有一个井字形木条架，再在其上放一层用竹篾编织成的网状垫子，上面再放一层草帘，让蒸气可畅通无阻地上升。甑的左右各钉有一块半圆形木块，像两只耳朵，移动时抓住这里便可。这种甑不仅可蒸年糕粉，还可在做老酒时蒸米饭，用途较广。铁镬和甑之间还垫有一个用稻草编成的垫圈，可防止蒸气泄漏。等水烧开后，便可把揉碎的生糕花用碗慢慢舀到甑里。这个活难度较大，还得掌握好火候，需有经验的人才能胜任。等糕花蒸熟后，才可以倒在捣臼中用捣杵舂。

这就要用石臼（捣臼）和捣杵（又叫碓）了。

捣臼也有大捣臼和小捣臼之分，大捣臼一般用来舂石灰。那时，农村还没有水泥洋房，建屋修房都要用石灰，而石灰就需使用大捣臼来舂。

年糕则需用小石臼，我们又叫小捣臼。用来舂年糕的捣杵（碓），我们又叫田塍碓。平时，做田塍（即田埂）时要用这种木头制成的碓，把泥打实，田塍才牢固，还不会漏水。这种碓的制作很简单，锯一段长约80厘米、粗约15厘米的木头，上面凿一个洞，装一根小孩手臂粗细的木棒便是一个木碓（捣杵）了。还有一种叫直笃捣杵，是用一根成人上臂粗的硬木棍制成，木棍中部略细，供人握捏使用，底部镶有一块凹凸不平的铁，以增加使用强度。但这种直笃捣杵只能用来舂米或麦子，不能舂年糕的。

等糕花蒸熟后，把它倒进石捣臼中，就可以舂了。舂年糕需两个人互相配合，一个人举碓舂，另一人用双手捧碓，把粘在碓上的糕花捋下来。在持碓人把碓高高举起的瞬间，捧碓的趁机再把捣臼四周的糕花揿在一起，随即侧身躲开。这时，举碓人的碓便落下。于是，另一人再捧碓并再揿一下糕花躲开，两人配合非常密切。舂十来分钟后，糕团变得柔韧而不粘碓了，便已舂好。这时，把舂好的糕团捧到事先准备好的一块木板上，便可做年糕了。这时，主人家便会拽下几个糕团（我们都叫年糕只头），热情地分给大家："来，快来吃年糕只头。"人们接过，边吃边说："水根嫂，倷（你）今年年糕嘎（很）好，明年要交运哉！"主人家听了，心里便喜滋滋地。这种刚刚舂好的糕团，热乎乎地，十分清香柔韧，无论大人小孩都很爱吃。有的在糕团中裹一点儿乌干菜，味道更佳。

做年糕不需技术，大人小孩都能做。先把糕团搓成圆条，再一块块均匀地分下来，便可搓成条子，再用糕板印一下，便成为一块块的年糕。有些手巧的，还能做出鸡、鸭、鱼、猪头、元宝等形状，以备祝福请菩萨时用。

大约在 20 世纪 60 年代末，农村已有了电，后来又有了做年糕的机器，磨粉、做年糕就方便多了。从磨粉、蒸糕花到轧制年糕，一条龙操作，人们只需在出糕口把年糕一条条剪下来就行。几十斤年糕，二三十分钟就做好了，但口味却远没有手工做的爽滑柔韧。

如今，因为怕麻烦，也不像当年那么喜欢吃年糕了，每到年底，去商场买几条尝尝就行，再没有以往那种热热闹闹做年糕的场面了。

后　记

当把这本散文稿发给出版社后,我这才轻轻地吁了口气。

一直来,我特别喜爱读书和写作。只是因教学工作忙碌,加上家庭琐事,只能在业余的有限时间里抽空爬爬格子,倒也略有些收获。

退休后,有了充裕的时间,我便静下心来,一边读书充实知识,一边继续写作。只是我不会在电脑上打字,仍然用笔写作。文章写好后再叫女儿帮我打在电脑上,然后我再用手写板修改。因此,写一篇文章,比别人要多花好几倍的功夫。有同事便对我说:"你工作了这么多年,退休后还这么忙忙碌碌,何必呢,该好好安享晚年了。"我便笑笑回答:"我的爱好便是写作。我倒觉得,只有这样的晚年生活,才过得更为充实、更有意义!"

今年初,我把退休后发表在报刊上的一些作品整理了一下,发现又可以出版一部小说集和一部散文集了。一些文友知道后,便劝我再去出版。

退休前一年,我曾出版过一部小小说作品集《长在树上的鱼》。这次,我打算先出一部散文集,而另一部小说集等过段时间有机会再出。

后 记

  于是，我动手在已发表过的近百篇散文中挑选了 76 篇作品，准备结集出版。这些作品，大部分都是在我退休后写作发表的。对其余几篇在退休前发表的作品，因时相隔已较远，我便稍作了些修改和润色。

  这期间，作家协会的一些老师和朋友纷纷伸出援手。他们非常热心，有的为我联系出版社，有的帮我审稿作序，有的帮我列目录排列作品，还有的指导我出版中要注意的一些事情等，不一而足，令我十分感动。

  对于这些热心帮助我的老师和朋友，我要特别地感谢他们。正是因为有这些热心人的支持和帮助，拙作才能顺利地出版。故作此后记，谨表特别的谢意！

沈锡盛

2023 年 4 月写于仁让堰家居